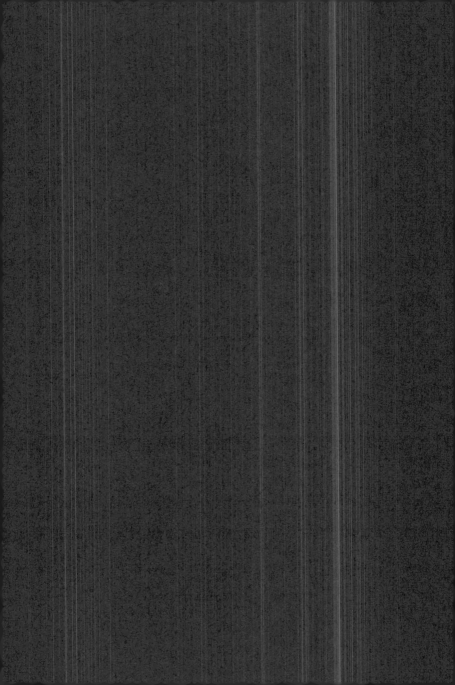

ほどける骨《ほね》折《お》り球《たま》子《こ》

長井短
NAGAI MIJIKA

河出書房新社

ほどける骨折り球子

目次

ほどける骨折り球子

球子《たまこ》の骨折が治ったのは結婚記念日の前日で、これで明日はワンピースを着ていけるって球子は喜んでいた。俺としては球子が何を着てたって最高だけど、記念日のディナーはやっぱりとっておきの状態で挑みたいもんなんだろう。だったらそもそも俺を庇って骨折なんてやめてほしい。球子の骨折はこれで四回目だった。付き合い始めてから今日までの約二年で四回ってのはいくらなんでも多くないか？と医者に相談したけれど、別に球子の骨自体にはなんの問題もなく、強いて言うなら立て続けに起きた骨折で左肩の骨が他より脆くなってているらしくて「単純に、運が悪いと言いますか……」って先生は言いにくそうに球子の、っていうか俺たちの不幸に引いていた。そりゃ引くわな。あまりにもすぐ折るもんだから俺は球子の両親に少し警戒されているし、それを理不尽だとも思わない。だけど本当に、誓って俺は球子を傷つけたりしていない。手を上げるなんて想像しただけで胸糞悪いし、俺は俺なりに球子を守るつもりで結婚している。なのに何故か、俺ばかりが守られる。球子の骨折は全て、俺を守ったことによる怪我だった。車に轢かれそうになった俺を三回、階段から落ちそうになった俺を一回。俺は呪われているんだろうか。二十七歳で球子と付き合い始めるまで、車に轢かれそうになることなんてなかったし、もっと大雑把な「危険」みたいなものとだって距離をとって生きられていた。なのに、球子と俺の人生が重なり合った途端、俺には危険がつきまとう。不幸もつきまとう。俺の不幸は球子の不幸で、現に俺に寄ってくる危険のせいで球子は何度も骨折しているし、怪我はしなくても例えば、俺が友達と喧嘩して泣いた時、球子も一緒に泣かせてしまったり、俺が頼んだご飯に入ってる虫を見つけて嫌な気持ちにさせてしまったり。とにかく一緒に悲しい思いをさせてしまう。俺は球子を幸せにしたいはずなのに全然そうできなくて、結婚して半年くらいの頃に一度だけ「俺たちって一緒にいない方がいいんじゃないか」と話したことがあった。占いなんて信じないけど、俺と球子はもしかしたらそういうスピリチュアル的な部分での相性が最悪で、一緒にいると破滅してしまうんじゃないかと思ったのだ。半泣きでそれを伝えると、球子は大きく息を吸って俺に言った。

「うるさい！考えすぎ‼」

だから球子が好きだ。否応なしに俺たちを肯定する球子が好きだ。「幸せにするから」なんてプロポーズをしたけど、幸せにしてくれてるのは俺より球子って感じがする。圧倒的な、球子の光みたいなものが、俺の心も身体も守ってくれている。もしかしたら、球子は本当に光っていて、その光に近づきすぎているから危険に巻き込まれるのかもしれない。こんなことを言ったら球子はまた「うるさい！」と俺を叱るだろうか。

「勇《いさむ》〜どっちがいいと思う？」

ギプスが取れたばかりの腕で、黒いワンピースとピンクのワンピースを掲げながら球子がリビングに入ってきた。自由に動けるのが嬉しいのか微妙に揺れていて「こっち、こっち」と呟き続ける少し厚い唇と、ゆったりと繰り返される右〜左〜って身体の傾きは、昔おもちゃ屋の店先に置いてあったサンタの人形のようだ。

「うーん、黒かなぁ」

「……ちゃんと考えた？」

「考えたよ」

「ほんとかな？」

探るように俺を見つめてから球子は「じゃあピンクにしよ」と笑った。

記念日だしとっておきをって気持ちは俺にもある。だからいつもより少し背伸びをして、外苑前の路地裏にあるレストランを予約した。「わんわん物語」が好きな球子のために見つけた店だった。ネットで見た写真の通り、その店は知らないと辿り着けないような住宅街の中にあって「外国みたい！」と球子が笑う。通されたのは庭に面したテーブル席だった。日が沈んだ後に少しだけ残ったオレンジの光が窓から差し込んできて、球子の長い髪を染める。ふわふわと彼女の輪郭を包むオレンジの毛束はわんわん物語のレディそのもので、我ながら最高のロケーションを用意できたなとうっとりしてしまった。

「なに？何かついてる？」

「いや、違う違う」

「じゃ何よ」

「凄いレディみたいだなって」

「どういうこと？女みたいってこと？」

「違うよ。ほら、わんわん物語の」

「あ〜！あのレディね」

「そう。高級な犬の方」

「私からしたら勇の方がレディだけどね」

「なんでよ」

「だって私がトランプだもん」

「どして？」

「勇敢だから」

「おっしゃる通りです……」

「あ、ごめん。勇が弱いとかじゃないよ」

「わかってるわかってる」

わかってる。俺が車に轢かれそうになるのは俺が弱いからじゃないし、球子が道路に飛び出すのも球子が強いからじゃない。ただたまたま、俺たちにそういう局面が訪れているだけだ。そしてたまたま、俺が轢かれそうになる側で、球子が助ける側なだけ。立場が逆になったらいつでも俺は飛び出すけど、どうかこのまま、俺が飛び出す日なんて来ないでくれと思う。それはもちろん、俺は骨折したくない、なんて最低な理由じゃなくて、単純に球子に不幸が訪れないでほしいから。でも、俺に不幸が訪れることで球子の骨が折れるなら、結局不幸が訪れているのは球子ってことになるんだろうか。

大袈裟にグラスを掲げて、にひゃあっと溶けたみたいに球子は笑う。俺の頭もつられて溶けて、ただひたすらに今が嬉しい。俺たちはまた一年よろしくねって、契約を延長するみたいに挨拶を交わし合う。

「二年目の目標決める？」

「なんだよそれ、新年じゃないんだから」

「え〜いいじゃん！決めよ！」

「そんなん言ったら、俺的には一つしかないよもう」

「なに？」

「球子の骨を折らせない」

「えーまたその話ー」

「いやそりゃそうでしょ、逆で考えてみ？」

「あー確かに、そりゃそうだわ」

「ね」

「うーん、なるほどねぇ」

「……球子的にはあるの？」

「私は……やっぱ勇を守るになるな」

「いやだからそれがダメなんだって！」

「……逆で考えてみ？」

「……あぁ……まぁそうか……」

「ね？」

「でもこれだとさ、俺らの目標同時に叶わなくない？」

「なんで？」

「だってさ、俺は球子に怪我させたくないじゃん。でも球子もさ、俺に怪我させたくないじゃん。お互いがお互いを守ろうとしてるからさ、これ。守りバトルじゃん」

俺は球子が笑うと思った。だって、今俺が言ってることは変だ。「守りバトル」とか言って、完全に茶化している。球子はそのバトルの中で骨を折ってるのに。でも球子はそういう不道徳さが好きだし、怪我のことを真剣に扱わないでほしがるから。ギプスに自分で寄せ書きするような人だから。だから、こういうの好きでしょう？球子は、笑わなかった。目を閉じてるみたいに視線を斜め下に送ったまま黙っている。これじゃまるで、俺が球子の骨折を軽く扱ったみたいだ。違う。そうじゃなくて、俺は、俺が重たく受け止めるせいで球子に変な罪悪感を感じさせたくなくて、だから馬鹿馬鹿しくしてみたわけで、でもそれは、折らせた俺がやっていいことじゃないんだろうか。血管が透けてしまいそうな球子の薄い瞼《まぶた》を見つめても、彼女の気持ちは見えてこない。付き合い始めてすぐの頃、球子が怒ったふりをして、でも実は寝てましたー！とかいう複雑な嘘をついてきたことがあったけど、今回はなんだろう。どっちだろう。「寝た？」って聞いてみようかと口を開いたところにちょうど、「食後にかけてください」と頼んでおいた「ベラ・ノッテ」が流れてきて、デザートがテーブルの上に置かれる。

「結婚記念日だそうで、おめでとうございます」

「あ、そうなんです。ありがとうございます」

「お食事はいかがでしたか？」

「すごく美味しかったです」

ニコニコと喋る球子を見て、こういうタイミングのことを「助かった」なんて言うのかもしれないと思った。辞書的には。でも俺は全然そう思えなくて、むしろタイミングは最悪で、球子の大好きな「ベラ・ノッテ」に、こんな空気を孕ませたくない。「ベラ・ノッテ」の中で愛想笑いもさせたくない。目の前に置かれたなんだかわからない、緑のブツブツがのった食べ物はなんという名前だろう。

「こちら、食後のデザートのカンノーロでございます。ごゆっくりどうぞ」

と言って店員が立ち去った瞬間、沈黙が返ってくる前に俺は喋り始める。

「初めて聞いたね、カンノーロ。なんだろうねこれ」

球子は静寂を手招きするみたいに俺のカンノーロを見つめたまま。だからさらに俺は焦る。ていうかそれ以前に「ベラ・ノッテ」がかかってるのに「ベラ・ノッテだ！」って言わない球子なんて初めてだ。やっぱり俺は間違えたのか？

「球子ごめん」

「これ、勇が頼んでかけてくれたの？」

「え？あ、うん」

「すごい！そんなことできるんだ！すごい！嬉しい‼」

「あ、ほんと？よかったぁ」

「ねぇもう一杯飲みたいから頼んできてくれない？」

「あ、すいませ」

「待って待って！大きい声出すとベラ・ノッテ聞こえなくなっちゃうから！行って呼んできて！」

「なにそれ」

「ちゃんと聞きたいの。ベラ・ノッテ」

「わかったよ」

喜んでくれてるのか？俺はとりあえず、言われた通り人を呼びに行く。球子の本心はわからないけど、とりあえず今、球子の願いを叶えることを優先する。席に戻ると、俺のカンノーロが球子の方に引き寄せられていた。

「なに、そっちの方がいいの？」

「ううん、違う」

「二つとも食べたいとか？」

「違うよ～」

「じゃあどしたの？」

「ん～。今日も私の勝ちかも」

「え？」

「守りバトル」

ニヤリと笑った球子は、俺のカンノーロを皿ごと回転させる。俺には見えていなかった、カンノーロの裏側には短い髪の毛が付いていた。

「……マジかぁ」

「マジよ」

「え～……え～マジかぁまた？」

「あはは、びっくりだね」

「そういうの起きなそうな店選んだのになぁ……いや、てかごめんせっかく記念日なのに。ちょっと言うわ」

「いやいいいいいいいいい。私気にならないから。どけて食べるよ」

「いやでもさ！てか、だったら俺が食うよ」

「ダメ」

「なんでよ」

「見つけたの私だもん」

「え？　いや、だとしてもさ」

「勇が言ったんじゃん守りバトルって。それめっちゃ面白いからやろ？　今日からスタートで、これも含まれるから。一ポイント目ね！」

「え〜なんだよそれ〜」

「勇が言ったんじゃん」

「いやまぁそうだけどさ、でも俺食うよ」

「ダメだよ」

「なんでよ」

「見つけたの私だから。これで勇が食べたら守り泥棒だよ」

球子はゲラゲラ笑う。そんな大声で笑ったらもう、ベラ・ノッテは聞こえないだろう。でも、俺と出会う前から彼女が好きだったベラ・ノッテが聞こえなくなるくらい大きな声で笑う理由が、俺であるってことが、すごく嬉しい。また球子に守られてしまったけど、それは少し情けないような気もするけど、でも俺は、球子がトランプならレディで構わない。トランプが怪我さえしなければ。


記念日から一週間が経って、その間俺たちは守りバトルを続けている。インターホンには俺が出る。一ポイント。揚げ物は俺がやる。一ポイント。こじつけのような気もしたけど、見つけられた方が勝ちだ。俺がポイントを稼ぐ度、球子ははっきり機嫌が悪くなった。身長の割に広い肩が少し持ち上がるのだ。怒り肩を地で行っている。「私の仕事なのに」とでも言いたげな顔で俺を見上げる姿は可愛くて、おかしくて、でもだからって守りの手は抜かない。これは戦いなのだ。球子ももちろん反撃を試みる。「守り」なのに「反撃」って変だけど、隙あらば俺を守ろうとする姿は「反撃」としか言えない。

仕事が同じ時間に終わる火曜の夜は、いつも待ち合わせて一緒に帰る。最寄り駅のスーパーで買い物したり、時には居酒屋でお酒を飲んだり。ほんの些細なことだけど、このルーティーンは俺の楽しみだった。球子はいつもの電車に乗りそびれたらしく、俺はぼーっとベンチに座って彼女を待つ。四月といえど夜はまだ結構冷えて、ていうか今日は特別に寒い気がして、待つのが球子じゃなく俺で良かった。鋭い風が首元を一周する。ワイシャツの下に着ているテロテロのインナーが昼間吸った汗を今更噴き出しているようでじわじわと寒い。俺が今この寒さに耐えているっていうのも、もしかしたら一つの「守る」かもしれない。いや、流石《さすが》にこれはやりすぎか？

「勇ー！」

駅の中に閉じ込められていたみたいな勢いで、球子が改札を飛び出してきた。球子は身長が確か一六〇センチくらいで、そこまで大きいとはいえないけど、俺の目にはものすごく大きく球子が映る。球子を中心に世界を魚眼レンズで見ているみたいで、これも一種の恋は盲目なんだろうか。

「お待たせ！ごめんね寒かったでしょ」

「正直めっちゃ寒い」

「あはは、だよね。そんな勇に良いアイテムがあります。じゃーん！」

そう言って球子はカバンから俺のマフラーを取り出した。地面につかないように目一杯持ち上げているそれは、先月冬物としてクローゼットの奥にしまったはずのものだった。

「え！すごいなんで？」

「ふふ。絶対勇寒がると思ってさ。知ってた？今日めっちゃ寒いんだよ。天気予報で言ってたから、昨日の夜こっそり出したの」

ありがとうと言いながらモヤモヤする。だったら今朝渡してくれればよかったんじゃないか？そう思う俺は意地悪だろうか。マフラーを巻き付けようと手を伸ばす球子は満足げで、俺は余計な顔色を悟られないために頭を下げる。

「はい完成！行こ！」

ギュッと締まったマフラーはつい最近まで使っていたもののはずなのに、人の家みたいな匂いがした。前を歩く球子は気づいているだろうか。もっと俺を、守れたんじゃない？別に守りが足りないとか思っているわけでは全然ないんだけどさ。そう言いたいけど、せっかくご機嫌な球子に水を差したくなくて、俺は黙って後ろをついていった。

身体が冷えた俺のために球子は今夜鍋にすると言い出して、スーパーで買い物を済ませた。球子が俺の寒かった時間に触れるたびに、ベンチに座っていたあの数分間の温度がどんどん下がっていくようだった。実際は少し肌寒いくらいだったはずなのに「キムチで温めよう！」とか「すぐお風呂入れようね」とか、球子が俺を入念に労わることで、俺の頭の中に記録されてるあの場所あの時間が極寒と化していく。寒くなればなるほど、首に巻かれたマフラーの存在が、そしてそれを巻いてくれた球子の存在が大きく大きくなっていく。実際の球子よりも。

「いや〜また守っちゃったなぁ〜一ポイントだ〜」

球子がそう言いながら商店街を歩き始めた時、俺はいよいよ無視できなくなる。俺の首筋を覆うマフラーの暖かさは、冷えたからこそ感じる暖かさ。

「これ、朝渡してくれたらよかったんじゃない？」

「なにが？」

「マフラー」

「え？」

真っ黒な球子の両の瞳は、見開かれすぎた瞼のせいでポツンと宙に浮いてるみたい。

「いやさ、寒いって知ってたなら、朝渡してくれればよかったのにって」

「あ〜確かに」

だよねやっぱり。

「でもさ、びっくりしたでしょ？」

「え？」

「家で『明日寒いよ〜』って渡されるよりもさ、寒いって思ってる時に急に渡される方が、びっくりだし嬉しくない？」

びっくりだし、嬉しいし、寒いよ。

「サプライズみたいな！」

「そういうこと？」

「そうそう」

「ッハ、ありがとう」

「いいよ〜」

そのあと球子が作ってくれた鍋も、入れてくれたお風呂も、凄く温かくて、確かに球子が作ってくれた温かさで、でもじゃああの寒さも球子が作った寒さだろうか。シンクに重なる赤く染まった皿に水を掛け、スポンジで擦る。そうしているうちに段々とお湯になる。温かいと感じる。この蛇口も一種のサプライズなのかもしれない。洗い続けるうちにもう水の冷たさなんて忘れているけど、それでもお湯は温かいままだった。

出社した瞬間応接室に呼ばれたのは、サプライズマフラーの二日後だった。ほとんど入ったことのないその部屋に入ると、上司の鹿野さんが気まずそうに室内をうろうろしていて、マジで俺は何をやらかしたんだろう。これといって文句を言われる筋合いはないんだがってダメだこんな喧嘩腰。俺は両手を身体の側面にピタリとくっつけて、ひとまず挨拶から始めてみる。

「おはようございます」

「おはよう柳くん、ごめんね急に」

「いえ」

「座ろうか」

「失礼します」

「あー実はね」

鹿野さんは「言いにくいんだけど」とか「僕も驚いてて」とか、なんかワンクッションみたいなフレーズを言い続けて、もうこれ以上のワンクッションは存在しないだろうってところに辿り着く。それから諦めたように、何故か上目遣いのアヒル口で、俺に告白するみたいに言った。

「柳くん、会社のお金になんかしてる？」

「はい？」

あまりに予想外の質問に俺のケツは浮き上がる。大人になってから、こんなに軽やかに立ち上がれたのは初めてかもしれない。

「いや、うん。実はね、ちょっと聞いたんだよ。柳くんがなんか、横領みたいなことしてるって」

「横領?!」

「うん……横領……」

「いや待ってくださいよ。ここ塾ですよ？」

「そうだよね」

「俺講師だし」

「そうなんだよね」

「どうやるんすか？」

「うんそうだよね」

「あ、すいません」

「いいいい、わかるから。僕もそんな感じだったもん。電話出た時」

心臓がバクバクいってる。俺は今まで、心臓がうるさく鳴るのは身に覚えがある時だとばかり思ってたけど、そうとも限らないっていうかむしろ、あまりにも謂れのない、斜め上から飛んでくる未知の言いがかりの方がよっぽどバクつくのかもしれない。なんだよ横領って。馬鹿じゃねーの。なんだあれか？生徒から受け取った月謝袋からこっそり何枚か抜いてるところでも見たっていうのか？そんなことするわけないしそもそもうちは振り込みだよ馬鹿野郎。あー胸糞悪い。大体なんだその電話は。

「それで、悪いんだけどさ。絶対柳くんやってないってわかってるんだけど、今週いっぱいだけ休んでくれないかな？」

「はい？」

「一応ね、こういう電話があったってことを本社に連絡しないといけないからさっきさせてもらったんだけど……そしたらまぁ、念のためね？ここの教室で変なこと起きてないって、ちゃんと確認できるまでは、休んでもらうようにって……」

「いやいやいや」

「わかる！わかるよ本当に。変だと思うよ僕だって。でもさ、早めにはっきりさせた方が柳くんにとってもいいと思うよ」

「はっきりって」

「違う違う疑ってないよ？そういうはっきりじゃないよ？そうじゃなくてさ、とにかく、こんな嫌な話ささっと綺麗に終わらせちゃおうってことだよ」

そういうはっきり以外のはっきりを、俺は知らない。鹿野さんは普段すごくゆっくりした喋り方で、生徒たちから「この世で一番遅い鹿」なんて言われている。でも今、俺の目の前にいる鹿野さんはとんでもない速さで俺の言おうとしていることをガードしていてなんだこのディフェンス力。マジで鹿並みの素早さについていけない。

「今週中だけでいいから。ね？ほら、今日木曜日だよ？金土日だけ、ね？休んでください。大丈夫すぐに戻れるから」

「……私の何を調べるんですか？」

「それがね、僕もわからないんだよどうしたらいいか。とりあえず、監視カメラの映像とか、口座に変な動きがないかとかを見ればいいのかな？どう思う？って、柳くんに聞くのも変なんだけどね。まぁその辺は、本社からの指示を待つよ」

「そうですか」

「……大丈夫そうかな？」

「……はい」

「うん。本当にごめんなさい。じゃあ、また連絡しますので、はい」

「はい。……あ、今日もで」

「今日からですねごめんなさい！」

今日もですか？くらい最後まで言わせてくれよと思いながら、俺は自分の席に戻って荷物を取り、ロッカーから上着を取り出す。

「おはよーございますー！」

「あ、おはよ。お疲れ」

「え？」

なんの罪もない遠山になんとなく俺は当たってしまって、ビルを出てすぐに後悔が押し寄せてくる。横領を疑われた苛立ちを同僚にぶつけるなんて、横領した奴みたいじゃねーかって俺の中の偏見が俺自身を責める。クソ。なんなんだよ。え、これって、こんな馬鹿みたいな濡れ衣でクビもあり得るのか？そうなったら俺はどうしたらいいんだろう。絶対に断固として神に誓って俺は横領なんてしていない。まだバクついている俺のこの心臓が証拠だ。だけどそれを一体どうやって証明したらいいんだろう。もちろん、俺は毎日真面目に塾の先生をやっていたから、監視カメラを見られたところで何も痛いところはない。でももし、口座に不審な点が見つかったらどうなる？それじゃなくとも、本社が何かしら「横領」の事実を見つけたとして、それはそのまま俺の罪になるのか？「横領があった＝柳勇が犯人」という公式が、もう完成してしまっているのか？いやいやそんなはずはない。流石《さすが》にそこまで大雑把な調査にはならないだろう。横領の事実が見つかれば、その後は犯人捜しが始まるはずだ。俺を第一容疑者として。なんでだよ。俺は何もしてないのに。クビは困る。待てよ、もしこれでクビになったら、俺には前科がつくのか？冤罪なのに？ものすごいスピードで、あらゆるパターンの俺の未来が頭に浮かぶ。心臓のテンポに合わせて俺の脳も大回転しているらしい。脳だけじゃなく足もだった。俺の足は止まることなく前へ前へ進む。どこを目指すつもりもなく、ただ闇雲に、そうしないと死んでしまうみたいに足が前に出続ける。気づけば駅に到着していて、俺は無意識にさっき来た道を戻っていたらしい。とりあえず帰るか？帰りたいってことなのか？いや、家に帰ってもそこでじっとしていられる気がしない。今この瞬間も生まれ続けている不安のエネルギーを無理やりにでも運動エネルギーに変換して消化してを繰り返さないと爆発してしまいそうだった。まだまだ歩ける。というか歩かないとやってられないので、線路とほとんど並行に走る甲州街道を辿ることに決めた。

明大前から歩き始めて、そろそろ桜上水かという頃にやっと俺は事態を整理しようという気になれる。その前の下高井戸付近では何か考えようにもただひたすらに「なんで」とか「ふざけんなよ」などといった悪態しか浮かばなくて、製造してるのは俺自身なのに気が滅入った。ただ、歩き続ける中で立ち止まったり、もう一度歩き出したりを繰り返すうちに少しずつ気持ちは落ち着き始めて、俺が進むたびに後ろに流されていく景色にも目をやれるようになる。ほとんどの人は、何をしているのかわからなかった。ただ、みんな歩いていた。目的地があるのかないのか、嬉しいのか悲しいのか、全くわからない、もう二度と会わないであろう人々が、俺と同じように歩いている。もしかしたらその中には俺と違って、本当に今朝クビになった人もいるかもしれない。他人の不幸で自分を慰めるのは間違っているとわかっているけど、考えずにはいられなくて、そういう最低の俺だけが、最低の状況にいる俺の背中をさすってくれるのだ。さぁ整理しよう。最低を使って冷静になった頭を動かせ。さっきよりも少しだけ歩くスピードを落として、その分を脳に持っていく。今俺は、横領したんじゃないかと疑われている。そして俺はしていない。オッケー。ここについてはこれ以上考えようがない。「していない」と訴えるのも時期尚早だろう。そもそも社内に横領なんてものが存在するのかがわからないのだ。じゃあ今考えるべきことは……電話だ。鹿野さんは「柳が横領してる」って電話を受けたと言っていた。もし俺が本当にしていたならそんな電話もかかってくるだろうが、していないのにどんな必要があって電話をかけたんだろう。そもそも誰が？　十中八九、俺のことをよく思っていない奴だろう。よくあるパターンで考えたら、社内での昇格争いとか？いやでもな、うちの会社でそんなギラギラした空気を感じたことはない。それに俺自身が昇格とかってもんにさほど興味もないわけだから、仮にそのレースが開催されていたとしても出場していないはずだ。あとはなんだ……生徒に何かしてしまったんだろうか？それでその生徒Aが親に覚えたての「横領」とかって言葉を吹き込んで電話させたとか？中学生ならありえる。考えてみたら「横領してるらしいです」なんて電話すごく変だ。その変さはもしかすると、子供が精一杯考えた悪戯ならではのものなのかもしれない。うーん。俺は最近受け持っている生徒たちを思い浮かべる。城所、田島、名取、橋口、曽根崎、山田、あとはえーっと……待てよ。もし塾生の誰かが犯人なら、すぐにわかるんじゃないか？かかってきた電話番号を調べるのは簡単なはずだ。それと塾生の電話番号を照らし合わせればいい。うん。大丈夫だ。もしこのパターンなら、冤罪だとすぐにわかる。よし。もちろんそうでないことを願うけれど、このくらいシンプルな「そんな悪戯ダメですよ」で済む話だと俺は助かる。はぁ。あとはなんだ。どんなパターンがあるんだ。あぁ、あれか。横領してる奴がかけてきてるパターンか。俺に罪を押し付けるために。このパターンは面倒くさそうだ。何十人もいる社員の中からわざわざ俺を指名してかけてきている時点で、何かしら「こいつになら押し付けられる」っていう自信があるんだろう。あーだるい。そんな準備してきてる奴に、丸腰の俺は何ができるんだろう。途方に暮れて足を速めるとちょうど赤信号に引っかかってしまった。千歳台ってことは、もう八幡山あたりまで来たのか。最寄りの千歳烏山まであと二駅しかない。太陽はまだ天辺《てっぺん》に昇ったままで、やっぱりまだ家に帰る気にはなれなかった。かといって、どうせなら映画でもとか、サウナで整っちゃおうぜみたいな、タダでは転ばないぞって気分にもなれない。肩にとすんと小さな衝撃があって、誰かが俺を追い越していった。そうか青か。俺は呆然と横断歩道に立ち尽くしていたらしい。

なんで俺がって怒りと、どうしようって不安と、誰かに恨まれてるんだろうかって悲しみや恐怖が俺の心の中でバトンリレーでもしているみたいに順番に走り回って忙しい。なのにここに立っている俺の肉体はどうすることもできなくて暇だ。暇だからここに立っていてみようか。これをしよう！と思える時まで突っ立っててやるぜ。馬鹿馬鹿しい考えに身体が震える。笑いを我慢しているみたいに震える。そういうことにさせてください。

「夜ご飯何がいいー？今日私が作る！」

球子からメッセージが来るまで、俺は烏山区役所の前にある広場にいた。平日の昼間からぼーっとしている俺のことを、何かの手続きで来たらしいおばさんや、子供とお散歩に来たお母さんは「顔覚えたからね？」とでも言いたげな眼差しで見つめてくる。最初のうちはその力強さが恐ろしかったけど、よく見ると広場には俺以外にも何をしているのかわからない人は数人いて、そいつらのおかげで俺はベンチに座り続けることができた。俺たちがもし一人しかいなかったら、そいつは不審かもしれないが、俺たちは数人いるのだ。それによって「平日からぼーっとしている男」というのはそんなに珍しくないし危険とも限らないんですよ、ということを示せているような気持ちになる。さて、球子だ。俺は球子になんて言おう。きちんと説明できるだろうか。ご飯を作ってくれるらしいけど、俺は今物凄く暇で、俺と違ってしっかり懸命に働いている球子にご飯を作らせるのは申し訳ない気もする。いつまでもここで呆然としているわけにもいかないし、考えたってどうしようもない。だったら今俺が俺にしてやれることは、何かしらの作業を任せてやることかもしれなくて「俺に作らせて！」とだけ返信した。区役所のすぐそばにある西友で、できるだけ下処理に時間のかかる食材を買う。一分でも長く皮を剝き続けられるように里芋。一分でも長くみじん切りできるように玉ねぎ。一分でも長く煮られるように豚バラ塊肉。必要以上に嵩張っている買い物袋を引っ提げて、俺は家に向かう。住宅街を歩いても、晩ご飯の匂いはしない。夕方がやってくるよりも少し早い帰路は、固唾を呑んで何かを待っているような静けさだった。

鍵を開けると廊下の向こうからざわめきが聞こえて、すぐに消えた。多分テレビが消えたんだろう。それはつまり、部屋の中に誰かがいるということで、その誰かは恐らく球子だ。どうして。辛い時、そばにいてほしいのはもちろん球子で、だから俺は、この思わぬサプライズ球子に救われるはずだ。頭ではそうなる自分をイメージできる。でも、実際の俺は背後で閉まったドアに鍵をかけることもできずにいる。球子がそばにいてくれることはいつでもすごく嬉しいことのはずなのに、今だけは、もう少し一人でいさせてほしかった。それは何故だろう。

「勇～？」

向こうから球子の声がする。普段なら足で踵を踏んづけて脱ぐ革靴を、両手でそっと脱がせてあげた。俺の身体が勝手に俺に優しくしているようだった。

「ただいま」

「おかえり！びっくりしたでしょ？って言おうと思ったけど私もびっくり！どしたの？」

「ね。球子は？」

「私今日休み取ってたみたいでさ、全然忘れて出社しちゃったよ」

「え〜そんなことあるんだ」

「そうなの〜確か前にさ」

かつての自分が有休申請した理由を球子は弾むように喋っている。よっぽど面白かったんだろう。俺は球子のそういう、自分自身のことを楽しく感じられる明るさが大好きだけど、今はどうしても直視できなくて、買ってきた食材をキッチンに配置しながら相槌を打つ。これは常温。これは冷蔵庫、これは冷凍庫。全ての配置が完了したら、里芋をシンクに投げ出す。ゴロロロンと転がった七個の里芋の泥をざっと落として、包丁を入れる。スッ、ニチャア、スッ、ニチャア。粘りのおかげで皮剥きはなかなか進まない。

「でも結局チケット取れなかったんだよ！けどまぁいいかって気にしてなくてさ、そしたらすっかり忘れてて」

うん、ハハ、うん、うん。これは球子への相槌か、皮剥きへの合いの手か。

うん、ハハ、うん、うん。

「もっと寝れたのにさ〜」

「まぁいいけど！」

うん、ハハ、うん、うん。うん、ハハ、うん、うん。

「ねぇって」

近くなった球子の声と、右手に乗っかる温かさで我に返った。球子は俺の隣に来ていて、労るような視線を俺に向けている。

「ごめん」

「いいよ。いいから。一回座らない？」

「うん」

球子はソファに座って、隣をポンポンと叩いた。でも、俺はどうしてもそこに座る気分にはなれなくて、部屋の真ん中に立っていることにする。

「今から一回、俺が話し終わるまで何も言わないでそこにいてほしいんだけど」

「わかった」

「なんか俺、横領してるんじゃないかって疑われてて。いや、意味わかんないんだけどさ、なんかそういう電話が塾にかかってきたんだって。で、まぁ上司もさ、そんなわけないって思ってはくれてるんだけど、念のため色々調べるからってことで、今週いっぱい休みになっちゃった」

事実を喋る。口にしてみるとこんなもんか。もっと、十五分くらいかかると思った。けれど事実っていうのはただ事実でしかなくて、それ自体を伝えるっていう行為はすぐに終わる。球子は俺が次の言葉を発するために息継ぎをするか注意深く耳を傾け続けていて、これが話終わりかわからず困っているんだろう。俺もだ。そして、俺の気持ちは悲しくて、恥ずかしくて、悔しくて、胸糞悪くて、それを誰かに見せられるほどの決着もついていない。

「あーマジでついてないよなー一応言っておくけど、俺横領なんてしてないからね？」

「わかってるよ」

「あー。うん。そんな感じ」

「……喋ってもいい？」

「……うん」

「勇がやってないのは当然わかってるし、それはきっとみんなもわかってるから大丈夫だよ。うーん、うまく言えないけどさ、なんかまぁ、とにかく大丈夫。これはほんと、多分間違ってるんだと思うけど、もし仮に、仮にね？勇が横領してたとしても、私そばにいるし。ウケるし」

「いやウケるって」

「ごめんごめんわかってる違うよね？でもそのなんていうか、どうでもいいよってことを言いたいの。勇の周りにポンポンポンって浮いてる、状況？みたいなものは、私にとってどうでもよくて、元締めの勇にだけ愛情を尽くしてるし、私にとっての勇は元締めの勇だけだよ」

「あぁ、うんありがとう」

「ごめんね、大したことないじゃんって言いたいわけじゃないんだよ？大変だったねってすごく思ってるし」

「うん」

「だけど」

「ごめん、すごく嬉しいし助かるけど、俺今かなり喰らっちゃっててこの状況に。球子が俺を励ましてくれても、その励ましに対する受け身を取れないんだ」

「あーうん。なるほど」

「優しい言葉を球子はかけてくれてるのに、それにこう、影響を受けられない自分のことが、きつくなっちゃうっていうか」

「……うん」

「だから……ごめん、とりあえず俺ご飯作っていい？多分何かしてるうちにもう少し落ち着くから」

「……わかった」

俺はキッチンに戻る。球子の顔を見られないまま背を向けてしまったことに罪悪感を覚える。だけど、もし今球子が俺に優しくしたいと思ってくれているのなら、今俺が、球子の優しさに甘えられないことをわかってほしい。わかってくれる球子だと信じている。背中に感じる球子の視線や、話したくてウズウズしている気配を振り払うように、俺はまた里芋に向き合う。ぬめりのせいで手から転がり落ちる。拾っては落とし、拾っては落としを繰り返すうちに、俺の頭は里芋でいっぱいになって、ようやく真っ白の里芋が完成した時、俺の心を覆う錆びついてささくれだった塗料のようなものもこそぎ取れたようだった。

出来上がったのは里芋の煮っ転がしと豚の角煮で、ひたすらみじん切りにした玉ねぎは酢

漬けにした。食卓に並んだ料理は手が込んでいるのにバラバラで、こうしてやるぞ！ってい
う食材への暴力が宿っていた。そうか要するに俺は、自分がひどい目に遭っていることに動
揺して、困惑して、怒っていたのだ。

「ごめんねさっき」

「え？」

「せっかく励ましてくれたのに、俺、ちゃんと受け取れなくて」

「ううん」

「すげえ腹立ってたんだよ。でも確かにさ、冷静に考えたら、球子が言ってるように、ウケ
るよね」

「……そう？」

「うん、だって超変じゃない？『柳さんが横領してる』って電話かけてくるなんて、やばい
奴じゃん。意味わかんないし、俺に何か恨みがあるんだとしても下手だよ」

「あはは」

「あーなんか、口に出してみたらまた腹立ってきたわ。あ、でももう大丈夫だよ、ウケれて
るから」

「何それ」

「さっきまでは俺、マジで怒ってたんだよ。こう、不幸に視界がグゥンと寄っちゃってさ。

なんかもう、運命とか呪うタイプの怒りだったんだけど、今はもう大丈夫。馬鹿じゃねぇの

っていう怒りだから」

「あはは」

「あとさ、俺初めて知ったけど、里芋剝くのってマジで心に効くわ」

「へぇ」

「凄い浄化される。何も考えられなくなるんだよ、剝くのが難しすぎて」

「なるほどね」

「変な食べ物」

「立ち直り早いじゃん」

「球子のおかげだよ」

「そんなことないでしょ」

「そんなことあるよ」

「里芋のおかげでしょ」

なかなか摑めずにいた里芋に、球子は箸をぶっ刺して口に運んだ。右頰が大きく膨れて、そこにはきっと、口の中で割った里芋の片割れ、後回しにされた半分が押し込まれているんだろう。器用に左頰だけが上下している。ごくん、という動作の後に、右頰の膨らみが消えて、今度は顔全体が上下し出した。ごくん。

「でも無理しなくていいんだからね？」

え？と言いたいのに、今度は俺の口に里芋が詰まっているせいでうまく発語できない。

「スッキリした感じに見えるけど、でもやっぱ、ね？キツいと思うし。だけど大丈夫だから。なんにしたって私がついてるし」

ありがとう、と言う代わりに、俺は首を大きく縦に振る。あんなに煮たはずなのに、里芋はまだまだ噛みごたえがあった。

「貯金もあるし、最悪の最悪でも大丈夫だから」

「いや流石にそこまでは大丈夫でしょ」

「うん、まぁね？でももしもの話」

「大丈夫だよそんな」

「アハハ、ごめんごめん」

大丈夫だよな？一度は引っ込んだはずの不安が、身体の中のどこかにある忘れられた臓器から迫り上がってくるようで、蓋をしようと最後の里芋を頬張った。

「予定通り明日から来てください。詳しい説明は明日」と鹿野さんからメールがあって、よかったよかった疑いは晴れたのだ。とりあえずホッとしたから、今夜は二人でたっぷり飲もうと出かけた日曜の夕方、球子が轢かれる。俺の目の前で。スモークガラスの黒い車が、青信号を美しく行進する俺たち目掛けて右折してくる。あ、と思った瞬間に、俺は突き飛ばされていて、頬にコンクリートが触れる。その冷たい感触を引き剝がすように身体を起こし、振り返ると、少し後ろで球子が倒れていた。砂鉄が磁石に引き寄せられるように、体温が地球に吸い込まれていくこの感覚を、俺は悲しいくらいによく知っている。「大丈夫ですか?!」と言う声が聞こえて、停止したあの黒い車から運転手が降りてきた。あいつが球子に触れる前に。俺はほんの数メートル先にいる球子の元へ駆ける。何十キロもあるみたいに感じる。

「球子!」

「あー勇よかった」

「よくないよ!」

「ごめんごめん、大丈夫だよ」

いててて、と言いながら球子はゆっくり起き上がる。真っ白い顔をした運転手の方を向いて、球子は笑う。

「大丈夫ですよぉ」

「あぁほんとにごめんなさい救急車えっと、あれ」

「俺かけるんで車寄せてください」

俺には今、自分が何をするべきかがわかる。

「大丈夫?」

「うん、でも多分折れたと思う」

「わかった」

球子がどんな風に轢かれたのか俺は見てないからわからないが、幸い出血はほとんどない。身体が信じられない方向にねじ曲がったりもしていない。球子の手を握りながら、救急車に電話をする。事故、意識あり、住所。

「あの……車寄せたんですが……」

「救急車は呼んだんで、警察に電話してもらえますか?」

「あ、警察、えっと」

「一一〇です。人身事故だと伝えてください。住所も」

「はい、すいません」

「ふふふ、勇かっこいい」

「かっこいいじゃないよ。体勢辛くない?」

「大丈夫。でもかっこいいよやっぱり。プロみたい」

「なんのだよ」

「わかんないけど、ふふ。でもプロみたいなもんだよねもはや」

こんなことのプロになんてなりたくなかったし、できるだけ早くこのスキルを忘れてしまいたい。なんで球子はこうも轢かれてしまうんだろう。俺の気も知らないで、球子は『もしも交通事故に遭ったら』って講座開けるよ」なんて冗談を言っている。時折顔をしかめながら。こんな時くらい、前向きじゃなくていいし、楽しくしようなんて思わなくていいのに、球子は楽しいをやめられないらしく、俺はそういうところが好きって気持ちとそういうところが怖いって気持ちのハーフ&ハーフ、どちらの底も見えない。

救急車が到着して、球子は担架に乗せられる。俺は救急隊員に球子の保険証と俺の連絡先を渡し、このあと来る警察とか、入院の準備とかのためにその場に残る。

「あとでね！荷物いつものでよろしく！」

あまりにも軽やかな別れの挨拶は事故現場と不釣り合いで、俺も加害者も救急隊員も気まずくなる。球子だけが、そういうギャップを楽しんでいるようだった。けたたましいサイレンの音が少しずつ、低くなっていく。見えなくなるまで見送るべきなのかもしれないが、そんな風に見つめてしまうとかえってことが悪化しそうで恐ろしく、俺は球子が置いていった彼女のトートバッグを抱え直した。やることが沢山ある。球子の心配をできないほどに。でも、俺は今俺がやるべきことをわかっているし、それを為すことはイコール球子を救うことになるはずだから。俺は事故対応のプロなんかじゃなく球子のプロだから。全て完璧にやってみせる。


実況見分はドライブレコーダーと俺のおかげでサクサク進み、特に想定外のことは起きない。いつも通りの手筈で進めれば大丈夫そうだ。少しだけ緩んだ身体を急かしながら家に帰ると、すっかり日が暮れてしまっていた。今日中に届けられるだろうか。球子の思う「いつもの荷物」を想像しながら、旅行用に買った真っ白いスーツケースに日用品を詰め込む。手で持つタイプは旅行に不便じゃないの、と俺は言ったけど、球子はどうしてもこういう、レトロなスーツケースで旅行をしたいと言った。この真四角の箱がほとんどすっからかんの状態で旅行に行って、帰りはパンパン重たいよぉってヒィヒィ言いながら帰ってくるのが夢なんだ、って歌うように喋っていたけど、現実は全然そうならず、このロマンチックなスーツケースが向かう先はほとんど世田谷病院だった。今回も。

面会時間は過ぎてしまったけれど、荷物の受け渡しは大丈夫らしい。容態も落ち着いていて、折れたのは左上腕。いつもの箇所でいつもの診断だった。パッキングしたスーツケースとさっきまで球子が持っていたトートバッグを持って家を出ようとすると、バッグの中から小さく音が聞こえる。球子のスマホだ。手に取ると画面には電話番号が表示されていて、未登録の誰かからの電話だった。これは、どっちだ？　もし画面に誰かの名前が表示されていたら出ないだろう。でも、未登録なのだ。もしかしたら事故関連でどこかから電話がかかってきている可能性もある。だとしたら今俺はこの電話に出るべきだろう。いや、どうだ？　球子が搬送されているとはいえ、俺が勝手に電話に出るのは違うだろうか。スマホからはマリンバのリズミカルな音が流れ続けている。単調な旋律は何コール目に相当するのかわからなくて、いつ音が止んでもおかしくない。くっそ！考えていても仕方ない。今は非常事態だ。覚悟が決まるより前に、俺はほとんど勢いで通話ボタンを押していた。

「もしもし」

「あ、もしもしー突然のお電話すみません。私個別指導スクールフィットの者ですが」

「え？」

俺の職場から、球子に電話がきている。何故だ？球子が事故に遭ったことと関係あるか？聞き覚えのない電話口の声は俺の驚きには気づかないみたいで淡々と話を進める。

「先日お電話頂きましたよね？明大前校の職員の件で」

もう止まっているはずのマリンバの音が、どこかから聞こえているような気がする。集中すれば音の在処がわかるはずで、俺はそれが知りたい。

「こちらで調査したんですが、お伝え頂いたような事実は確認できませんでした」

それだけが知りたい。音源以外はどうだっていい。

「それでですね、あのー、どういった理由でお電話されたのかなっていうのを、教えて頂きたくお電話したんですけれども」

「横領ですよね」

喋れなんて指示は、俺から俺に出していない。俺は今、ただ耳を澄ましているのだ。それなのに俺の意思を無視して口は勝手に動く。

「そうですね」

「柳勇の」

「……失礼ですが、柳とはどういったご関係でしょうか？」

「俺は」

「……はい？」

「ごめんなさい全部忘れてください」

電話を切る。耳の中には「あの！」と叫ぶ、知らない男の知らない声が、かすかに残る。

そいつの唾がかかったみたいに生温い耳の中が気持ち悪くて手で耳を擦るが、別に濡れちゃいない。当然だ。

俺は、夢を見てるんだろうか？さっき轢かれたのは球子でなく俺で、不慣れな俺は結構しっかり轢かれてしまって、昏睡状態の中で今この夢を見ている。それはとてもありえそうなことだ。少なくとも、今起きていることより現実味がある。夢だとしたら、もっと色々おかしな部分があるはず。俺は今、玄関に続く廊下に立っていて、もしこれが夢ならきっと、すぐそこに見えているドアにいつまでも辿り着けないだろう。歩いても歩いても、その場で足踏みしているみたいに進めないだろう。そっと、右足を前に出してみる。それから重心を右足に移して、取り残された左足を前に出す。ぐん、と景色が前に進む。ドアが大きくなる。今度は左足に重心を移して右足を出す。ぐん。ぐん。ぐん。ドアはどんどん大きくなって、視界はグレーでいっぱいになる。鼻先が冷たいスチールに触れて、足を出そうにもぶつかってできない。これ以上前に進めないってことは、俺は確かに前に進めたということで、つまりこれは足が遅くならないタイプの夢。そういう夢もあるだろう。コツンとおでこをドアにぶつけてみる。痛くない。ゴツン。痛くない。ゴッツン。痛くない。やっぱり夢だ痛くないから。だから俺は目一杯背中を反って、現実じゃ絶対できないレベルの頭突きをしようと構える。天井のライトが眩しいから目を瞑って、一思いに、せーので頭を持ち上げよう。そこまでプログラムしても、結局俺はそれができない。これは現実だから。あーあ認めた。途端に身体の力が抜けて、その場にうずくまってしまった。頑張ってたのに。電話を取った瞬間から、一生懸命現実逃避してたのに諦めてしまった。どうすんだよ。ていうか何だよこれ。

え？球子が電話したってことだよな？俺が横領してるって電話を、かけたのは球子で、何故そう思ったのかわからないし動機も目的も何もかもが意味不明。呆然としているとポケットが震えて、今度は俺の携帯に電話がくる。世田谷病院からだ。やらなければいけないことを思い出して勝手に身体は動き出すけど、何もかも全部、足りない視力でしか捉えられない。球子から夜中にメッセージが届くが、俺は逃げるように眠る。

本当は半休を取って病院に行こうと思っていたけど、とてもじゃないけどそんな気持ちにはなれず、結局普通に出社してしまった。いつも通りの生活を送るので精一杯だった。球子から新しいメッセージはない。俺が返信しないことを怒っているのかもしれない。今日見舞いに行かないと、きっともっと怒るだろう。そのこと自体を申し訳なく思う気持ちはある。でももし、球子に実際に怒られたら謝れるかを想像するとうまくイメージできなかった。俺にも色々ある。色々あるんだよ球子。わかるだろう。

塾に行くと鹿野さんが謝ってくれて、昨日の電話のことも話してくれる。

「本社の人がかけてくれたんだけど、なんか変な人だったみたいよ」

「あぁ」

それ俺なんすよ。変にもなりますよ。

「誰かに恨み買うようなこと……なさそうなのにね。怖いね。気をつけてね」

「ありがとうございます」

事情を何も知らない鹿野さんの発言はほんと、ほんとそうだよなって感じで、俺は少しだけ今の状況を笑える。面白がることで受け身を取り始める。何が起きているかをきちんと理解する勇気はまだ持てなくて、どうすればそんな勇気が湧くのかもわからないけど、ひとまず他人の視点で笑ってみれば、こういう展開も人生にはあるかもしれないって、思えるんじゃないか？　考えてみてもわからない。だからとりあえず俺の脳は、心を助けるために現在を茶化す。それに従って「あはは面白い」とか「ウケる」とかを、文字のまま身体の中に浮かべる。俺の空っぽの胃袋の中は今wでいっぱいで、昨日の夜から何も食べていないのに空腹感はなかった。

「柳さん、今日飯行きません？」

授業と授業の合間、遠山が声をかけてくる。

「大変だったでしょ？俺話聞きますよ」

「あーありがとう」

「最近いい焼き鳥屋見つけたんすよ。そこ行きません？」

「行く行く」

行ったら見舞いに行けないが、どうにでもなれ。

遠山が案内してくれたのは赤提灯の狭い焼き鳥屋で、俺だったら緊張して一人じゃ入れない。こういうところに一人で入れる遠山と、今日俺に声をかけてくれた遠山は人格の辻褄がぴったり合っているなと思った。

「前から思ってたけど良い奴だよね」

「え、何すかそれ！やめてくださいよ！」

「いやほんとにほんとに。俺今日遠山が誘ってくれなかったら何も食べれてないと思う」

そんなに落ち込んでんすか？って大げさに驚いた遠山は、任せてくださいって言うみたいに大生を二つ注文した。俺の落ち込みと遠山の気合いは完璧に比例していて、隣にいる誰かが落ち込んでいる時って、どうしてこんな風に生命力に満ちるんだろう。誰かを支えるって行為は、生きていくために必要な成分なんだろうか。もしそうなら、世界には常に弱った誰かが必要かもしれなくて、俺も毎日誰かの傷を癒すことで生きながらえてるんだとしたら。それってちょっと、グロテスクで引いてしまう。俺の頭がどんどんこの場から離れていくのを引き止めるように、テーブルには大生がガンッと置かれて、すぐさま手渡される。ビールの黄色越しに見える遠山の喉仏が上下、上下、上下して、それを真似るみたいにビールを飲んだ。俺はとても、あんな風に何度もは動かせない。初めてみたいに飲んでる俺をニヤニヤ見つめる遠山の口元はびしょびしょで、光っていて、そういうちょっとだらしないところが、アルコール以上に俺の思考をポヤポヤさせる。こいつにならいかもって気持ちになる。わざとじゃないんだろうけど、わざとじゃないから才能で、生徒から人気があるわけだ。

「遠山ってコンタクト？」

「そっすね」

「俺もなんだけどさ、時々夢の中で、コンタクトがなくて視界がぼやけてることがあるんだよ」

「あー！それ俺もめっちゃ見ます!!しかもつけようとすると、コンタクトが異常にデカくて入んなかったりしません？」

「あはは、するする」

「うわー！あれってあるあるなんすね！」

「俺さ、今それなの」

「はい？」

「今、その夢の中みたいによく見えなくて、わけわかってないの」

「え、なくしたんすか？」

「違う、比喩」

「比喩か。あ、なるほど」

俺がジリジリと本題に迫ろうとする気配に気づいて、遠山の顔から隙が消える。テーブルに置いたビールジョッキから、手を離そうか離すまいか悩むように指をグニグニ動かした後、遠山は一気に俺の懐に入り込んだ。

「どしたんすか？」

努めていつも通りのその口調に、目一杯の思いやりが詰まっているのがわかって、俺は俺自身に起きたことを話す覚悟を決める。

「えっと、まず、先週電話が来たんだよ塾に。俺が横領っぽいことをしてるって。で、その調査のために、俺は休みになった。でもまぁ、もちろんしてないのね？」

「もちろんもちろん」

「会社も、してないってわかってくれたんだよ。そうなるとさ、その電話かけてきた人が謎じゃん。だから昨日、本社から電話かけたんだって、その、電話してきた人に」

「はいはいはい」

　時系列順に、要点をわかりやすく。これぞ塾講師の俺。でもそれだけでは、俺の心に起きた様々との帳尻が合わない。

「……その電話、俺が出たんだよ」

「……はい？」

　だから少しだけ稲川淳二を意識してみると、遠山はみるみる顔を引き攣《つ》らせた。そうだよこれ。これくらい、大変なことが、俺には起きているはずなんだ。

「俺が出たの」

「いやいやいや、え、からかってます？」

「あははごめんごめんからかってないよ。それでさ、昨日妻が轢かれたんだけど」

「え待ってくださいちょっと！展開が早いっす！」

「あははだよなぁ」

　ちょっと一回咀嚼しますと遠山が言って、俺たちは食べる時間に入る。遠山はモリモリ食うけど、俺はあんまり食べられない。

「はい。いけます」

「うん。じゃ続き。昨日妻が車に轢かれて。一緒に歩いてる時に。まぁその、命とかは大丈夫なんだけどね、骨折だったから」

「大変でしたね」

「うん。で、だからすぐ救急車で運ばれたんだけど、俺は妻の持ち物預かって一回家に帰ったんだ。入院のための荷物とかを用意しないとだからさ」

「はい」

「その時にさ、鳴ったんだよ電話が」

「えまさか」

「そうそう」

「……奥さんの携帯が、ってことっすよね」

「うん」

「……えー」

完。

でも俺は全然、特別な何かを打ち明けることができたとは感じられていない。確かに今、話し終えたのに。てことは、俺の身に起きたことって本当は大したことじゃなかったんだろうか。いや、でもそんなはずはない。じゃあなんで。ていうかマジで、俺には今何が起きているんだろう。昨日からずっとそれがわからない。誰かに、起きたことを全部話すことができれば、少しは現実を理解できると思ったのに。事実をただ羅列したところで物語にはならないように、俺の現在も、事象をただ整理しただけでは見えないままだ。

「これ、なんだと思う？」

「……ちょっと、ちゃんと考えるんで待っててください。ていうか食べてください。何ならいけそうすか？」

メニューを渡されても、何が食べたいかなんて全然わからなかった。俺の気持ちがわかるのか遠山は、これだけ絶対食べてくださいと言っておにぎりを頼んでくれる。険しい顔をして黙り込んでいる遠山を見ながら温かいおにぎりを齧ってみると、やっぱり俺は自分が思ってるよりずっと大変な状況にいるのかもしれないなんて気がしてきて怖くなる。涙も出そうになる。俺は泣きたくなんてないし、ましてや同僚の前でなんてめちゃくちゃ恥ずかしい。なのにもうずっと目頭が熱い。誤魔化すためにまた一口食べる。食べれば食べるほど俺は、目の前にいる遠山とか、ここが普通に居酒屋だってこととか、自分が〝大人の男〟であることを認識できなくなる。俺しか見えなくなる。俺は俺に近づきすぎている。

「すいません、おにぎりもう一つください」

遠山は俺を見ずに注文する。届いたおにぎりを、空《から》になった俺の皿に置いてくれる。やっとお腹が空《す》いたのは、浅い呼吸をやめられたから。

「もう一個いきます？」

「いや別のもん食うわ」

メニューを見ると、そこにはあらゆる部位の名前が書いてあった。焼き鳥屋なんだから当たり前。だけど俺は、一つの生き物の中にこんなにも色んな場所があるんだってことにびっくりしてしまう。以前行った接骨院で先生が「東洋医学では、痛むところを食べると良いとされてるんです」と言っていたのを思い出した。俺は今、鶏のどこを食べればいいんだろう。心に一番近い場所。俺と球子はそれを、鎖骨と胸のちょうど間ってことにしていた。鶏でいうとそれはどこだ。わからないからとりあえず、せせりと胸を頼むことにする。同物同治が起きますように。

「それだけですか？俺適当に他も頼んじゃいますよ。全部うまいすからめちゃくちゃ食いましょう」

「うん」

串から肉を引き剝がしてむしゃむしゃ食う。喉に詰まった、まだほとんど原形のままのせせりを、同じく原形のままの野菜で押し込む。そうやってとにかく、身体を埋める。押し出されるみたいに涙が出る。その分をキムチで埋めればまた涙が出る。あははなんだこれ。

「何笑ってるんすか」

「いやさ、俺今、食べた分だけ涙出てるじゃん？このシステムだと俺、今日うんこ出なそうだなって思って」

「きたねーよ!!」

「あはははごめんごめん、マジで汚いわ」

「やめてくださいよー」

「はははは」

「でもアルコールってそうらしいっすよ」

「え、どういうこと？」

「酒って涙で排出されるらしいっす」

「え、おしっこは？」

「ダメっすね。一位が涙で二位がうんこらしいっすよ」

アルコールが涙とうんこで排出されるなら、悲しみは何を排出すれば一緒に身体から出ていってくれるんだろう。時間、だなんて言わないでほしい。うんこくらい笑える何かであってくれよ。

「……話してもいいすか？」

空気が変わる。遠山の口元はまだ濡れているけど、でももうさっきまでの面白おかしい雰囲気はなくて、現実がまた始まるんだとわかった。もちろん、と答えると、覚悟を決めるみたいにビールを飲み干して俺を見る。

「要約すると、柳さんの奥さんが、会社に嘘の電話をして、柳さんを休職させたってことになりますよね」

「そうだね」

「一応聞きますけど、休みになった期間が誕生日だったりはしないっすよね？」

「ないない。そういうイベントは何もなかったよ。特別なこともしなかったし」

「じゃあ一緒にいたかったみたいな理由ではないっすね」

もしそういう理由だったら、俺は球子を可愛いなって許せるかと考えてみるけど無理。

「会社辞めたいみたいな話したことあります？」

「ないね」

話してたとしても、電話してくれてありがとうと思うのは無理。

「……職場で不倫してないっすよね？」

「してないよ」

「ですよねぇ」

もし不倫してて、それを球子が知って、腹が立って俺をクビにさせようとしていたなら。罪と事由の天秤が釣り合えば、そこに許しは生まれるだろうか。

「なんか、せっかく話してくれたのに申し訳ないんですけど、俺もなんで奥さんがそんなことしたのかはマジでわかんないっす」

「いやいや、そりゃそうだよ。俺にもわかんないもん」

「そういうレベルのやつだと思います」

「だよなぁ」

「でも、何かあるんじゃないすか？」

ため息まじりにそう言った遠山の目はいやに濡れていて、自嘲するような笑みが含まれていた。今、このタイミングで遠山の気配が変わる意味がわからない。なんで急に色気がこぼれるんだ。

「どういう意味？」

割り箸が入っていた紙の縁を指でたどりながら、俺は覚悟を持ってそう聞いた。質問をする前から、その質問への答えはきついものになるってわかることが時々あって、今がまさにそうだった。

「いやぁ、わかんないすけど、きっと俺たちが悪いんすよ」

「……なんで？」

「そういうもんじゃないすか。男が悪いんですって。女の人にはなんか、絶対事情があるんですよ」

絶対事情があるという、その根拠はなんだろう。もしそれが真実だとして、それなら仕方ないですねって思えるとも限らない。とめどなく溢れてくる反論をどうにかしまおうと、俺は割り箸袋を折りたたむ。

「柳さんの何かが、奥さんにそうさせたんすよ。わかんないすけど」

「……そうかな」

「そうっすよ」

袋はだいぶ分厚くなって、指に力がこもり始める。これ以上は折れなそうで、でも、俺はこれを折りたい。もっと折りたい。月に届くくらい分厚くなっても折り続けたい。そうでないと、もっと余計なことを言ってしまいそうだから。だけど俺にはもう、折る力がない。

「俺が悪いとしてもさ、ひどくない？」

「ひどいですよ」

「だよね？」

「でも、許してあげましょうよ」

「……なんで？」

「なんでって！それは、見せどころじゃないですか」

「なんの？」

「男のっすよ」

掌で髪を撫で付ける、なんていかにもな仕草なのに、途方もない色気が遠山から溢れて、あぁこいつは特定の層に異常にモテる男だなとわかった。指先で隠れるくらい小さくなった袋が、じっとり水気を孕んで重たい。そんなはずはないんだけど。重たくなんてなってないはずなんだけど。でも、俺には凄く重たく感じられて、それはなぜだろう。

「とにかく謝って、早く仲直りするのが一番ですよ」

「できるかな」

「大丈夫ですって。あ、でも今入院してるんですもんね？退院してからゆっくり、ちゃんと話して謝った方がいいっすよ」

適当に謝るとバレるし根にもたれますからねって、くしゃっと笑う遠山はとても男らしくて、それが羨ましかった。「許すのが男だ」とかって、思いたいし、そういう風にテンションを上げたい。俺にできるだろうか。その道は球子に続いているだろうか。

「そうだよな」

口にしてみる。口にしている俺の姿が脳裏に浮かぶ。

「そっすよ」

「俺が悪いんだもんな」

なんとなく、そんな気もしてくる。

「マジで何したんすか～？」

「わかんないよぉ。え～許してもらえるかなぁ」

「頑張りましょ！」

「俺が？」

「え？」

「俺が頑張るの？俺が傷ついてるのに？」

「……女々しいっすよ柳さん。そんなこと言ったら絶対許してもらえないです」

「……冗談だよ言わないよこんなこと」

遠山は笑って、じゃあ次は俺の番と言う。そうだなって俺も笑って、遠山の好きな女の子の話を聞く。何も腑に落ちていない。だけど、遠山から「え、いけると思います？」とか聞かれて「いけるよ」って答えて、もっと露骨な話をされて笑ったりしていると、何もかもが煙に巻かれるようで楽だった。人の眼鏡をかけたってピントは合わないけど、かけないよりはマシで、だから俺は今、とりあえず遠山の眼鏡を借りて世界を見る。俺の見ていた世界とは違うけど、そのくらいがちょうど良いのかもしれなくて、このままの目で球子を見れば、もしかしたら別にすんなり許せるかもしれない。納得できるかもしれない。球子だって、俺が話せば謝ってくれるかもしれないし。そう考えているうちに、脳裏にはまた俺の後ろ姿が浮かんできて、その背中はやけに大きかった。

家に帰ってから、球子にメッセージを送る。

「連絡返せてなくてごめん。体調はどう?申し訳ないんだけど、休んでた分の仕事が溜まってて、中々お見舞いに行けなそうです。ごめんね。」

「大丈夫だよー!手術も余裕だったから、今週中には退院できそうです。退院の日だけ手伝ってくれると助かるかも……」

「よかった!ごめんね。了解です。決まったら休めるか確認してみる。」

遠山が「退院してから」って言ってたし、実際現状俺には仕事が山積みだから、なにも嘘はついてない。なのに、これが最善だって言い聞かせれば言い聞かせるほど、牛丼 Uber するみたいな後ろめたさが生まれる。球子からの返信がカラッとしていることも、余計俺を不安にさせた。既に球子の元に返った携帯。それをよく見れば、覚えのない通話履歴があることに気づくだろう。球子は、見ただろうか。俺が知ってしまったことに気づいているんだろうか。そんなことばかり考えてしまって、今も身体が痛んでいるだろう愛する妻を心配できていない俺は夫として最低だ。でも夫の職場に虚偽の電話をする妻も最低だ。そして、どちらかが先に、相手の最低を許さなくちゃいけない。その役目は俺のものらしい。だから俺は、球子を許さなくちゃいけない。夫として。男として。

球子の退院は土曜日になり、俺は休みをもらう。ほぼ一週間ぶりに、球子に会う。許せるかどうか以前に、そもそもどんな顔をして、どんな風に会えば良いのかがわからず、昨夜は全然眠れなかった。まずはとにかく「頑張ったね」とか「会いに行けなくてごめんね」とかって球子を気遣うべきだと思う反面、今の俺にそれができるかわからない。それは、もうめちゃくちゃに腹が立ってるからとかじゃなくて、怖いのだ。理解不能な行動をした球子が怖い。会わなければ会わないほど恐怖は増して、タクシーで帰ってくる球子をイメージするだけで身体が強張る。身体中の細胞が、進展を回避したがっているのがわかる。でも、回避なんてできるようなことじゃない。球子はここに帰ってくるし、俺はここにいる。再会すれば話は転がる。かといってどうにでもなれと開き直れるわけでもなく、俺はただひたすらソファの上で浅い呼吸を繰り返した。携帯を握りしめ、球子からの連絡を待つ。どうせ苦しいなら早く終わらせたい、早く今すぐ帰ってきてくれって気持ちと、どうにか遠ざけたい気持ちが僅かなインターバルで入れ替わり続け目が回る。携帯が真っ白に光り、それは球子がエントランスに着いた合図。覚悟を決めておきたかったが、そもそもどういう覚悟を決めれば良いかもわかっていなくて、それでも俺は迎えに行かなきゃいけない。球子の顔を見なきゃいけない。

「勇ー！ただいま！」

「おかえり、大変だったね」

言えた。

「慣れてるから大丈夫だったよ。あー早く家の匂い嗅ぎたいわ」

「はは」

タクシーから荷物を出す。持つ。そして歩く。大丈夫。大丈夫。

「病院の匂い清潔すぎて、もう今鼻の穴ピカピカだと思う」

どういうつもりで冗談を言っているんだろう。球子は、どうするつもりなんだろう。一歩一歩部屋に近づく。もしかしたらこのまま、お互い何も気づかないふりをすれば、少しずつ元に戻るのかもしれない。そういう解決方法だってあるはずだ。でも、元ってなんだ？俺たちって、どんな夫婦だったんだろう。球子が入院する前からほとんど変わっていない家の中に入れれば、いつもの背景の中に立てば、元がどんなかわかるだろうか。

「あ〜家だ〜！」

「今も痛い？」

「ううん、平気だよ。でもいつも通りリハビリ通わなきゃだから、まだしばらくこんなだわ」

「無理しないでね」

「ありがとう」

球子は久しぶりの家を懐かしそうに眺めていて、俺もそれを真似てしまう。俺にとっては何も懐かしくない、さっきまでいた部屋なのに、入念に辺りを見回す。どこかに、俺の台詞が隠れていないか。

「あー、ごめんね、全然病院行けなくて」

「いいって全然、大丈夫だったし」

「そっか、よかった。……よかったもちょっと違うか」

「よかったでいいよ」

「うん。今日はなんか、食べたいものとかある？」

「勇」

「あ、洗濯物あるよね、スーツケース開けていい？」

「勇」

「洗っちゃうよ俺」

「嘘ついてるでしょ」

今置いたばかりのスーツケースに伸ばした左手が宙に浮いたままピタリと止まり、大きく揺れている心臓以外の全ての部位が動かない。だるまさんがころんだでもしているみたいに、俺は今、球子の視線の中で静止している。

「勇」

怖くて振り返ることができない。

「なんか言ってよ～」

浮いたままの左手を何とか口元まで動かす。唇に当たる指を、球子にバレないように噛む。注射を打たれる時、足を思い切りつねったみたいに。

「はぁ……じゃあ私が言うよ？勇さ、私のこと心配してないよね。あ、できないって言った方がいいかな。どう？」

喉の奥を塞ぐように、舌が奇妙な形で立っている。俺には今、言った方がいいことと言わない方がいいことと言いたいことの区別がつかない。だから間違いが口から転がり出ないように出口を二重に塞いでいる。こんなに進路を塞いでいても、言葉は転がり出てしまう。

「なんで」

「え？」

「なんであんなことしたの」

「あんなことって何？」

「わかるでしょ」

「わからない。言ってくれないとわからない」

一向に顔を合わせない俺に痺れを切らしたのか、球子が俺を追い越す。ほら、早くーと言いながら目の前のソファにボフンと腰掛けた球子はバウンドした脚をそのまま、さっき俺が置いたスーツケースの上に乗せた。あ、これは楽しんでるんだ。だけど当然俺はその楽しさに乗れないよ。

「球子だよね、電話かけたの」

「よくわかったね」

「電話きたから。ごめん、俺それ出ちゃったんだよ。事故と関係あるかと思って」

「あはは、このタイミングでも謝るんだ」

「は？」

怒っちゃダメだ。俺は、球子を許すんだ。そう自分に言い聞かせる。寺で煙をかけるみたいに、心の中で「許せ」って言葉を自分に浴びせる。

「なんでもない。電話でバレたかぁ─盲点だった」

「……え、なんでそんな感じなの？」

「ん？何が？」

「ちゃんと話そうよ」

「話してんじゃん」

「ふざけてるでしょ」

「ふざけてない。見てよちゃんと」

視線を上げると、球子はソファにふんぞりかえっていた。くつろいだ姿勢なのに全く柔らかさのない、冷たい表情を浮かべながら。こんな表情の球子を見るのは初めてで、神様どうか今からでもいいですから、この一週間の出来事は夢だってことにできませんか？いつもの家に、いつもの西日が差し込んでいるんです。それなのに、目の前に座る妻だけが、変わってしまったようなのです。

「言いたいことあるでしょ?言いなよ」

待ってくれ。勝手に現実を続けないでくれ。

「言えないならもう一回言おうか。私が、電話を、かけました」

今俺が持つべき感情はどれだ。球子が家にいない間、俺の心を埋め尽くしていた気持ちに、順番に触れてみる。怒り、悲しみ、恐怖、不安、どれに触れようとしても空を切るようで、ただそれでも心にはっきり浮かんでいるのは大きなハテナマーク。

「言いたいっていうか、まず、聞きたいんだけど」

「どうぞ」

「横領してるって電話したのはさ、本当に俺がそういうことしてると思っての行動?」

「ううん」

想像していた選択肢のうち、最も理解しやすいもの、そうであってほしい最後の希望が消える。これで完全に、球子は俺の理解の範疇を出た。全ての想像は、この先役に立たない。それでも、きっと何かはある。俺が謝るべき何か。納得できる理由が絶対にあるはずだ。

「じゃあまず教えてくれない?なんでそんな電話したのか」

「やだ」

それは流石にどうよって回答が返ってきて、途端に俺は冷静さを取り戻す。人間、本当に意味がわからなくなるとむしろ頭がスッキリするのかもしれない。

「球子」

「いやだ」

「……ねぇ。じゃあどうすんのこれ。球子は俺に同じことされたとしてさ、理由聞いてやだって言われて、それで納得できるの？」

俺に向けられていた二つの黒目がゆっくりと落ちる。避けられたはずなのに、むしろその瞳には温度が戻ったように見えて、俺はもう一度名前を呼ぶ。

「球子」

「えなんで怒らないの？」

「え？」

「なんで、ここまでやっても勇は怒んないの？ナメてんの」

「怒ってるよ。でも俺はちゃんと謝りたいんだよ。球子にそんなことさせちゃったことを。だから」

ドンっと音がした。球子がスーツケースを蹴り飛ばした音だった。この行動にも、理由はあるんだろうか。俺が悪くて、何かへマをして、だからスーツケースを蹴らせたのは俺？

「球子にそんなことさせちゃった？」

この場に似合わない、聞いたことのない球子の猫撫で声は、今にも飛び出しそうな獣を必死に押さえ込むための手段のようで、微かに震える彼女のつま先が恐ろしく俺は何も言えない。

「なんなのそれ。勇が？私に電話をかけさせたと思ってんの？」

「違うの？」

「違う。私が考えたんだよ。で！私が一人でやった！私のために！」

おい遠山！話が違うじゃん！このタイミングで人のせいにするのは間違ってるんだろうけど、どうしたって思ってしまう。だけど同時に、やっぱり違うよなと思う俺もいて、結局俺は、俺自身の目で世界を、球子を見つめるしかないのだ。それがどんなにぼやけていたり歪《ゆが》んでいたりしたとしても。

「ごめん」

「だから謝んなよ。え、自分のせいで妻が横領の電話かけたって思ってるから謝ってんの？私悪くないってこと？ラッキー」

「違う。そのごめんじゃない」

さっきまで俺になかった勇気が、不思議と今は湧いている。それはきっと、覚悟が決まったからだろう。こうするべきとか、こうなってほしいなとかじゃなくて、ただひたすらに、どうして球子があんな奇行に走ったのか、どうしても真実を知りたい。

「俺は怒ってるよ」

「怒ってないよ。あ、じゃあいいわ。怒ってるとして、ならなんで怒ってるのにそんな優しく話すの？」

「……ごめんマジで意味がわかんないんだけど」

「なにごめんとか言ってんの？怒ってるんだよね？」

「だから怒ってるよ」

「じゃあもっとちゃんと怒れよ。なんか椅子蹴るとか、殴るとか、デカい声出すとか、いくらでもあんじゃん。やれよ」

「なんで俺の怒り方を球子が決めるの？」

「『決めるの？』ってぬる。『決めんだよ!!!』とかだろ怒ってんなら！」

自由な方の手で摑んだクッションを俺に投げる。ポスっとお腹に当たるクッションは全く痛くないけれど、その柔らかな衝撃はさっききくくったはずの腹をほどく。去ったはずの恐怖が蘇って、俺は身を守るための言葉を吐く。

「やめなよ。子供みたいなこと」

「じゃあいいよ子供で」

「いやそういうことじゃなくて。普通に危ないから」

「だから！やめてよ!!それをやめてよ!!!」

立ち上がった球子は闘牛みたいに俺に突進してくる。ギプスをはめた人を強く摑むわけにもいかず、止められないままいると胸に重たい一撃を受けた。頭突きだ。え、嘘だろ？頭突きって本当にする奴いんの？身体がゆっくり倒れ始めて、フローリングにケツを打ち付けるまでの刹那。こういう刹那はアドレナリンとかが出てスローモーションになるものだと思っていたけど、そういう魔法みたいなことは起きなくて、俺のケツはすぐにドスンと床にぶつかる。痛い。上から球子も降ってくる。痛い。

「大丈夫？」

「うるさい」

「え」

「今から喋るから」

立ち上がった球子はダイニングの椅子を持ってきて何故かその上に立つ。ギリギリまで足を広げてガニ股で立つ姿は危なっかしくて、俺はまた球子を支えたくなる。

「絶対に近づかないで。そこに倒れたまま聞いて」

わかりました。

「今、勇が倒れたのは私のせいだよね。私が急に突進したから倒れた。多分お尻とか痛かったはずで、なのに、あんたがまず言ったのは『大丈夫？』だった。私は、そういうことが、本っ当に嫌だ」

「いや」

「まだ喋ります」

わかりました。

「もし突進してきたのがボブ・サップだったら『大丈夫？』とは言わないよね。『おい！』とか『なにすんだよ！』とかだよね。でも私には『大丈夫？』って言うんだよ勇はいつもそういつもいつもいつもいつも私に優しい」

それは当然だろうと思う。ボブ・サップと俺は面識がないから、突然他人が突進してきた時の対応はもちろん球子とは違う。これは優しさとかの話じゃないと思う。

「全部に言えるんだよ。全部ずっと勇は優しい。車道側を歩いてくれたり、自分のリュックに私の荷物入れてくれたり、重い方の買い物袋持ってくれたり、夜中コンビニ行く時はついてきてくれたり、それにどれだけ喧嘩になっても私を殴ったり怒鳴ったりしない。やばい電話を私がかけたってわかった今も、こんな状況でも、勇は私に気を遣ってる。それは私がギプスしてるからだって言う？違うよ。私はそれ信じない。ギプスがあってもなくても、勇は私に気を遣いながら怒るよ。私が傷つかないようにとか、怖がらないようにって考えながら優しく喋るんだよ。ねぇ、それなんでかわかる？」

愛しているから……とかではなくて？

「私の方が弱いと思ってるからだよ。勇は、自分の方が強いと思ってる。だから守ろうとしてるんだよ」

え、俺ってそうなんですか？

「自分より弱いと思ってるから、無意識に優しくしてるんだ。私はそれが、本当に気に入らない。物心ついてからずっとそれにキレてる。だからこの怒りを勇一人にぶつけるのも違うなってどっかで思うけど、でも、勇にくらい、勇にだけは守られたくないみたいな気持ちになる。他の全員に守られちゃってもいい、いややっぱ嫌だけど、でもせめて勇のことだけは守りたい」

俺はまだ、球子の言っていることを完全には理解できていない。でも、球子がとても真剣であることはわかる。いつもの口喧嘩みたいな、ちょっとふざけちゃったり、楽しくなって思考停止してしまう球子はここにいない。椅子の上で、演説みたいに喋り続ける姿は見覚えがなさすぎて少し怖いが、でも今目の前にいる球子の真剣さを、俺もきちんと、同じ真剣さを持って受け止めたくて身体を起こす。

「守りたいけど、全然守れないからやった。勇が追い込まれれば、私を強いと思ってくれて、私を頼ってくれるから。そうしたら私が守れるから」

「え？」

「電話した。勇を守りたかったから」

おいおいおいおいおい待てよ。自分の方が弱いと思われているのが嫌で、守られるのが嫌で、だから俺を追い詰めて、傷つけて、自作自演で守ろうとしたってことか？その方法が「横領してる」って電話？度が過ぎてる。

「度が過ぎてる」

「そうかもね。で？」

「は？」

「受け止めてよ。受け入れなくてもいいから事実を受け止めて。『俺がそうさせた』って言ったよね？ちげーよ私がやった。取らないでよ私の悪意を。そんな風に自分のものにしないで。私を可哀想にしないでよ」

痛み続けていたはずのケツの感覚はもうなくて、身体に残るのは雷が落ちたみたいな痺れだった。自分の輪郭が、瞬いてしまってわからない。俺を傷つけるためにそんなことしたって事実はあまりにもショッキングだけど、同時に今、確かにここで革命が起きたのがわかる。俺にとって、あまりにも不都合な革命。そうだ。俺はどこかで、球子を可哀想な球子にしたかった。可哀想な球子がやることは、全て飲み込むことができる。俺は、自分の飲みやすい味で球子のことを飲み込みたかった。電話をかけたのも、スーツケースを蹴ったのも、俺のせいでおかしくなった結果だと思えば、納得できると考えたんだ。俺の視界が変なのは遠山の眼鏡をかけていたからだと思っていたけど全然そうじゃなくて、そもそも付いてる俺の目自体がいつのまにか歪《いびつ》。本心では、理解よりも納得を求めていたと気づいた俺は、球子と同じくらい自分のことが怖くなる。冷たい汗がうなじを撫でて、おしっこを我慢してる時みたいに身体が震えた。それでも、球子は攻撃の手を緩めない。俺を可哀想だなんて一ミリも思っていないから。そんな風に楽になろうとしないから。怒濤の誠実さが俺を正面から突き刺す。

「弱いと思ってた奴に酷いことされてどうですか？」

「そんな風に思ってたんじゃない」

「まだ言うんだ」

「俺がそうさせたって言ったのは、本当に間違ってた。そこに関してはごめん」

「よく謝れるね」

「謝れるよ。本当に思ってるからそこについては。間違ってた」

だからこそ、俺は今から本当に怒ることができる。汗はいつの間にか引いていて、少しだけ、不必要な成分を排出できたような心地になった。俺に残っているのは怒りと悲しみ。恐怖はもうここにない。

「うん」

「俺が休めって言われて帰ってきた日、めちゃくちゃ落ち込んでたの覚えてるよね?」

「え、あれ見てさ、どういう気分だったの? あれ見ても度が過ぎてるとか思わなかったわけ?」

「胸は痛んだけど」

「けどなに?」

「……任せといてって感じ」

「は?」

「すぐ癒すから大丈夫、守ってあげるって、腕が鳴るなって感じ」

「自分が傷つけてるのに?」

「まぁね。でもまず傷つけないとできないじゃん」

「……お前おかしいよ」

「あ、お前って言った」

「ごめん」

「なんで謝るんだよ。いいんだよお前って言って。別に私、お前って言われるの自体は嫌じゃないもん。そうじゃなくて、本当はお前って言うくせに私に向かって言わないのがムカつくんだよ。何？お前って言われたら私が傷つくとでも思ってんの？」

「思ってないよそんなこと」

「じゃあなんでいつもは使わないんですか？使えばいいじゃん普通にさ、私がそんなことで傷つかないってわかってるんなら乱暴な言葉使えよ。それができないのは私を弱いと思ってるからじゃないの？」

「別に使いたい言葉じゃないから使わないだけ。ていうかそもそも俺は自分が強いとか球子が弱いとか考えたことないんだけど」

「じゃあなんで？」

「なにが」

「全部の優しさの理由を教えてよ」

そんなもんは答えられるわけがないし、だってそもそも球子にとって俺のどの行動が「優しさ」と判定されているのかわからない。答えるとしたら愛としか言いようがない。愛しているから優しくしたくて、したいからしている。Q. E. D。

「球子を好きだからじゃないの」

「あ、そういうところに逃げ込まないで。愛情使いだしたら全部いけちゃうから」

証明完了できなかった。愛が理由のなにがいけないんだよ。

「……俺が球子に優しくするのは、別に守ろうとか、弱いとか思って考えてやってることじゃないよ。逃げるなとか言われても、逃げで愛情の話に持ってってるわけじゃなくて、本当に、愛情としか言えなくない？球子は車に轢かれる時いちいち『守ろう！』とか考えてからやってるわけ？違うでしょ？愛情が身体を動かしちゃうことってあるじゃん」

「考えてからやってるに決まってんじゃん」

これは流石に予想外すぎて、出切ったはずの汗がまた滲む。えー。この場合は違うよな？

「球子は愛情のせいで車に轢かれている」この考え方は、球子を可哀想にするためのものじゃない。そうじゃなくて、鳥居をくぐる時に帽子を脱いだり、新しい靴を下ろす時に唾を吹きかけたりするみたいな、習慣化された信頼から生まれたものだ。そこが揺らげば俺も揺らぐ。椅子の上に立ったままの球子が、いよいよ知らない人になってしまいそうで、俺はそっと自分の掌に爪を立てる。痛さで目が覚めるのに、覚めても覚めても世界は僅かに揺れていて、だけど俺は止まりたくない。何本骨が折れてもいいから、行き止まりまで辿り着きたいのだ。

「……マジで言ってんの」

「マジマジ。チャンスだ〜と思ってやってる」

「……わざとじゃないよね？」

「うーん。まぁ偶然は偶然だよね。別に人を雇って轢いてもらってるわけじゃないし。でも、当たり屋とかは近い界隈かも」

「え、それはわざとじゃん」

「いや、そこまでは自分から行ってないよ流石に。でも、そうだね。避けられたものもあるね」

「そんなことできるわけない」

「あはは。でもできるんだよこれが不思議で。今まで何回あったっけ？これで五回目かな？全部ちょうどいいタイミングで来るの。足りないな〜って悶々とし始めると、そういう機会が、なんかやってくるんだよ」

「そういう不思議みたいな話に持ち込まないで」

「でもそうとしか言えないって」

「気持ち悪い」

「ひどーい」

「気持ち悪いし、そうやって不思議を使って言い逃れするのやめなよ」

球子の持ち上がった頰の筋肉が、わずかにピクリと揺れるのを俺は見逃さない。ようやく見えた球子の人間味。恐らく球子は今傷ついた。俺は当然球子を傷つけたくないけれど、今までずっと、球子が言われたくないことを言わないようにしてきたせいでこんなことになっているのだとしたら。もうそんな形の優しさは捨てなくちゃいけない。俺は俺の思う優しさに見切りをつける。

「自分がやってること、おかしいってわかる?」

「おかしくしたのは誰?」

「俺なの?」

「俺でもあるんじゃないですか」

「じゃあなんで」

なんで結婚したんだよと言いかけて、結局俺はその言葉を言えない。この状況でもまだ俺は、やっぱり球子を好きだった。許せるか、許せないかはわからないけれど、それも含めてこれからも一緒に生きていく気は満々で、諦めるという選択肢はない。ここに肺があって、ここに肝臓があって、そしてここに球子を好きがありますってな具合に、俺の愛情の矛先は決定している。球子がどんな化け物だとしても。

「言いなよ、つづき」

「ないよつづきなんて」

「嘘だね。言いなよ」

静かに椅子から降りた球子は、ゆっくり俺に近づいてくる。座り込んだままの俺の前にしゃがみ込んで、バチン! 右の頬が弾ける。

「言えよ」

「言わないよ」

バチン! また右の頬が弾ける。でも俺はつづきを言わない。言いたくない。球子は俺の頬を打ち続ける。痛い。俺は黙ってビンタを受け続ける。こんなに人に叩かれるのは生まれて初めてだった。頬の内側が歯にぶつかって、少しずつ口の中が温まってくる。

「なんで殴り返さないの!!!」

「泣くくらいならやめればいいじゃん」

「うるさい!泣いてない!」

「泣いてないって言う奴は大体泣いてんだよ」

「なんで怒んないの!」

バチン! バチン! じわぁっと、温かいが口に広がる。

「なんでグゥにしないの?」

「うるさい!!」

「グゥの方がいいんじゃないの?怒ってるんでしょ」

「うるさい!!!」

「球子」

「なんだよ!!」

「グゥにしないのは俺が弱いから?」

一瞬、ビンタの手が止まる。だけどすぐに右手は構え直されて、俺の頬に叩きつけられる。

「違うよね。俺が弱いからグゥにしないであげよなんて」

バチーン!

「そんな理由でパァにしてるんじゃないよね」

バチーン!!

「グゥにしない性格だからでしょ？」

今度こそ手が止まる。俺はすぐさまキッチンに行って口をゆすぐ。氷を適当なビニール袋に入れて頬を冷やす。冷静になるともっと痛みそうだから、俺は落ち着かないように気をつけながら球子の元に戻る。

「俺にも性格があるよ」

「……知ってるよそんなこと」

「多分俺は、ボブ・サップに突進されたらすぐ謝る」

「こんなに殴られてんのに、なんで一回も殴り返さないの？」

「殴ったりしたくないから」

「私は一回でも殴られたら死ぬ女の子だから？」

「違う」

「じゃあなんでよ！ここまでやってんのになんでやり返してくれないの！私酷いでしょ？酷いことしてるよね？やり返さないともっとやられるかもしれないよ？そういう風に怖がってくれないのはやっぱり私をナメてるからじゃん！」

「俺が殴り返せば満足なの？」

「そうだよ」

「嫌だ」

「ねぇマジでそれなんなの？女は殴れないみたいなアレ？キモーそっちの方がよっぽどキモいわ」

「違うよ俺のことなんだと思ってんだよ」

「知らない。強い旦那さんなんじゃないですか？」

「一回でもあった？俺がそんな風に振る舞ったこと。あったんならちゃんと教えてほしい。それは俺の本意じゃないから。俺の間違いだから。ちゃんと教えて」

球子と目を合わせる。誰かの目をしっかりと見つめる時、右と左どちらの目を見つめればいいんだろうって、いつも考えてしまう。もっと集中していれば、そんな余計なこと考えずに見つめられるんだろうか。俺は今、球子に集中できていないのか？

「鉄臭い」

「球子が殴るからだよ」

息の匂いがわかるくらいの至近距離で、俺と球子はお互いの瞳を覗き込んでいる。球子が見ているのは俺の右目？それとも左目？俺たちの間に差し込む西日のせいで、今この状況がロマンチックになってしまいそうで怖い。そういう風に問題を解決したくはない。光に透ける球子の髪は美しいし、潤んだ大きな黒目の中に俺が映り込んでいるのも何か劇的だ。俺は球子に殴られて頬を腫らしているけれど、それでもまだ、少し気を抜くと球子の方が可哀想に見える。それが間違いだって俺はもう知ってるのに、知っていても同じ穴に落ちそうになる。そういう男女の雰囲気がきっと、俺たちをここまで導いてきてしまった。

「俺は、球子は間違ってると思う。だからここでその間違いを正したいと思う。それでもう一回生活をやりたい。もう骨折なんてしない生活をやりたい。だから球子も、俺の間違ってる所を教えてほしい」

「それでなんとかなると思うの？」

「わかんないよそんなの。でも知らないことは考えられない」

球子の目から新しい涙が湧き始める。愛する人が泣くところなんて見たくない。でも、俺だって可哀想なのだ。俺は今、絶対に俺の可哀想さを離しちゃいけない。俺たちはそれぞれ、自分で自分の可哀想を管理しないとダメだ。それで初めて、俺たちは話ができる。

「俺は球子の間違いを、殴るとかじゃなくて、もっと別の方法で裁きたい。だから球子にもそうしてほしい」

「……待ってて」

静かな声でそう言った球子は、あらかじめ全て決まっていたみたいな足取りでリビングを出ていく。向こうの部屋からガソゴソ物を探る音がして、戻ってきた球子がなんか、デカい犬を連れているとか、見たことない着ぐるみを着ているとかしてくれてたらいいのになって、少しだけ思う。そういう風に、今ここから現実味がなくなってくれたら。俺だって、不思議の力を借りたいよ。頬に当てていた氷はすでに溶けてしまっていて、入れ直した新しい氷が溶ける頃には、新しい現実の気配を感じていたい。それがどんなかわからないけど。

音が止んで、戻ってきた球子が持っていたのは一冊の古いキャンパスノートだった。表紙には黒いマジックで×と印がついている。

「嫌だった度、ここに書いてたの。覚えとけよって思いながら。間違いがあるのはわかってる。でも日記だから。そのつもりで読んで」

十月二十二日
職員室に持っていくノートを「俺が持つよ」と山中に言われてとられた。私は持てるから大丈夫って言ったのに。山中は女子に人気があって、たぶん自分でも知ってる。そういうのほんとキモい。

十月三十日
部活の後サキ達とマック行って帰ったらお母さんに「遅い！」って怒られた。でも角彦だってまだ帰ってきてなくて、それを言ったら「男の子はいいの」って言われた。私はお姉ちゃんなのに。

十一月四日
ホームルームでクミが泣いた。泣かせたのは木山だ！みたいな空気で、そうかもだけど、でも最後は木山が可哀想だった。あんなに泣いたら勝てない。ずるいよなそういうの。

十一月十二日
電車の中で金網の上にスクバ載せれるのに知らないお兄さんが代わりに載せた。あんなのお礼のカツアゲだと思う。

「これいつから書いてたの?」
「高二」

十二月二十日
またお礼のカツアゲ。バイト先で。森口マジでウザい〜〜仕事取るな!

パラパラ捲《めく》っていくと少しずつだけど字体が変化していって、アルバムよりもずっと月日を感じる。

六月四日
郁美がわざと馬鹿になっている姿を見ちゃって、私はそんな郁美嫌いだ。でも郁美はそもそも私のことそんなに大事じゃないかもしれなくて、なんかもう、あー。

六月十日
雄二先輩がまた奢るってしつこいから、今度は本気で抵抗した。そしたら怒ってきた。マジでうざい。ムカつくから帰りポッケに金入れた。

七月八日
「会費、女子は千円ね～」↑死ね
死ねは流石に言い過ぎだろう。

九月十八日
飲み会で、タケルと二人で内先輩のことをからかったのに、タケルだけが頭を叩かれた。それを見てみんなが笑った。私は叩かれなくて、代わりに頭を撫でられた。それで笑う人はいなかったし、ゆか先輩に睨まれた。私が考えたからかいだったのに、タケルだけが面白いみたいになってた。許さない。

九月二十五日
なんで私のことは叩かないのかって理由はわかってて、どうせ私が女だからだ。別に私だって叩かれたいわけじゃない。でも、男子達がそうやってじゃれてるのがどうしても羨ましくて無理。でも羨ましいって何？自分でもわかんない。でも結局今日もタケルの方がみんなに受け入れられてる感じがした。タケルが下ネタを言った後に、私も下ネタを言ったら、タケルしか笑わなかった。先輩達は「女の子がそんなこと言わないの」とか言ってきた。お前にも面白まんこがあるくせに。タケルとずっと友達でいたい。

十月八日

酔っ払ったトオル先輩のことを蹴った。みんな笑った。私は怒って蹴っていたわけで、面白で蹴ったわけじゃない。だから、こいつらが笑わなくなるまで蹴ろうと思って、蹴り続けた。トオル先輩は笑ってたけど、最後の方怒って、私を背負い投げした。めっちゃ笑ったのに、その時笑ってるのは私だけで、周り全員引いてた。トオル先輩が蹴られるのは面白くて、私が投げられるのはかわいそうだってことだ。それは、私が年下だからなのか、女だからなのか、弱いからなのか、どうせ全部でもうやだ。もう知らない。

全部、俺と出会う前の話だ。大学時代の球子の話を聞いたことはあったから知ってる名前も中にはある。ただ、こういう話を聞いたことはなかった。球子の中に、これほどまでの憎しみが眠っていたなんて。俺は全く知らなかった。球子の全部を知っているつもりはなかったし、夫婦っていっても知らないところがあるのは当然、その前提を持ってやってきたけど、でも。このノートは、球子の一番柔らかい部分だと俺は感じて、その核に触れないままに付き合って、結婚してって歩んできてしまったことが、悲しい?悲しいで合ってるんだろうか。寂しいの方が近いか?できればバレたくない柔らかさを、俺にはもう少し、こぼしてくれていると思っていた。そんな風に過信していた。

「こういう話、俺にしたことなかったよね」

「うん」

「それはさ、俺に話さなかったのは」

俺が男だからですか、俺が男だから、どうせわかってくれないだろうと思って、俺には話さなかったんですか?俺は、こいつらとは違う。違う、と言いたい。違う、と思いたい。だけど俺にはわからない。俺が球子を叩き返さなかった理由と内先輩が球子を叩かなかった理由。それは同じものだろうか。俺が球子を叩きたくないと思うように、この内先輩って奴も叩きたくなかったんだろうか。そもそも俺は、なんで球子を叩き返さなかったんだっけ。頬に当ててるビニール袋から、ポタポタと水が垂れてノートに落ちる。透明の水滴は、インクと混ざって黒く濁る。文字が渦巻きみたいに変化して、それは球子の瞳に似始める。いくつもの球子の瞳が、ノートの上から俺を見つめる。どうして、叩かないのか。どうして、怒鳴らないのか。なぜ俺は座っていられるのか。

「勇が男だから話さなかったのかって聞きたいんだよね」

「うん。でも待って。順番が違う気もしてきた」

「わかった」

　球子が俺にこういう話をできなかったのは、何も言わない球子のことを、何も言ってないのにはなから可哀想な目で見ていたからか？俺は今まで、どうやってこの人と一緒にいたんだろう。どんな目で見て、どんな風に接してたんだろう。

「これ進んでくと俺のことも書いてあるの？」

「勇のことは書いてないよ」

「書いてていいんだよ。ちゃんと読むし」

「ほんとに書いてない。でも、悪いけど、書いてない理由は勇が完璧だからとかじゃなくて、私がもう、そういう力が無くなっちゃったの」

「どういうこと？」

「怒ったり憎んだりするのも体力がいるでしょ。もう疲れちゃったの。疲れちゃった後に勇に出会ったから、勇のことは書いてない」

「そっか。でもきっと、書いてないだけであったんだよね」

「あったはあったと思う。だけど、私確実に元気になったのね、勇と一緒にい始めてから。それに、付き合って、結婚もしてるでしょ。それは、怒りが減ったからだと思う。この減ったは、体力とか感度の話じゃなくて、嫌なことが減ったから怒りの量も減ったって意味で、だから勇は絶対的にそういう仕草が少ない」

「……でも、轢かれるし電話したよね」

「うん。それは、元気になっちゃったから。良いことが起きたのに、そのおかげで憎しむ元気が湧いちゃって、悪い形で勇にお返ししてるんだと思う。それは」

球子が唇をしまう。その後静かに嚙み締める。ノートの上を滑った水滴が、俺の手に触れる。

「ごめんなさい」

「うん」

じゃあ今度は俺の番だ。現実を不思議でかわし続ける球子が謝ってくれたのだから、俺もきちんと向き合わないといけない。俺の中の男と。

昔から暴力は苦手だった。身体もそんなに大きくないし、声も小さかった俺は幼稚園とか小学校でデカい同級生にからかわれたり突き飛ばされたりしたけれど、嫌だなってその時に思うだけで別にどうにかしてやろうとは思わない。俺は、深く考えたりしなかったし、同時に今が永遠に続かないことを知っていた。中学校に入る頃には、からかい混じりに行われる暴力は減った。友達と喧嘩をすることは時々あったけど、それだって別に取るに足らないちょっとしたもので、ほとんど覚えていない。そうやってぼーっと過ごしていると、高校くらいから少しずつモテ始めて、俺はその意味があんまりわからなかったけど、でも女の子が好きだったから嬉しかった。できるだけ優しくした。興味がない場所にもデートに行ったし、プリクラも撮った。好きな人のやりたいことはできるだけやりたかったし、好きな人にはできるだけ笑っていてほしかった。俺はずっと、今日より優しくなりたかった。「優しくしたい」と考えること、その姿勢自体が良い人間の証明であると信じていたのかもしれない。でも、優しさがどういうものなのかまで考えたことはあまりなくて、誰かに優しくするっていうことが、俺自身を救うことだって、今まで全く、気づきもしなかった。泣いている人のそばにいると、自分の方が強く見える。大人に見える。賢く見える。そういう見え方が俺の優しさの動機だったことはないなんて、当然言い切ることはできなくて、俺は誰かの可哀想を杖に立ったことが、ある。そして、それはバレる。俺が、俺自身の優位性とか素晴らしさを感じるために誰かに捧げる優しさは、もはや優しさの形をしていない。

　極々ありふれた、中肉中背の肉体を持っている。球子もきっと女性として平均的な肉体を持っている。お互い、平均的な背格好でも、持っている力は違う。俺は心のどこかで、球子を殺さないように気をつけながら生きてきたんだろうか。精神的にも肉体的にも、自分が球子を殺せるということを知っていて、だから細心の注意を払って接してきたんだろうか。それは今まで付き合ってきた他の女性にもいえるっていうか、接してきた全ての女性にいえることだ。俺は、絶対的に有利な状況で生活を送っている。もちろん世の中にはボブ・サップとかもいるから俺の命を脅かす存在もいるけれど、球子たちに比べたら少ないだろう。俺は、人を殺せる。でもじゃあ、球子には殺せないかというとそうではなくて、俺たちは誰でも、人を殺せる。全員が暴力を持っている。その中で、その暴力をしまったまま接することは、相手に対して非礼なんだろうか。剝き出しの力を掲げたまま接することの方が、相手ときち

あの夏が飽和する。
—全文朗読付き完全版—

カンザキイオリ

青春サスペンスの傑作、文庫化記念！人気声優による全文朗読が付いた完全版単行本。十三年前の逃避行を描いたスピンオフ初掲載。

▼六三八〇円

Across the Universe

秦建日子

彼らはなぜ人を殺すのか。人の心を蝕むのは、悪意か、愛か。渋谷ハチ公前爆弾テロ事件から三年。世界は、ついに、変わる……。三部作堂々完結！

▼一九八〇円

あの空の色がほしい

蟹江杏

風変わりな家に住む〝変人〟芸術家とお絵描き大好き小学生——オッサン先生とマコの奇妙な交流を描く、落合恵子さん絶賛の感動小説！

▼一九八〇円

京都という劇場で、パンデミックというオペラを観る

現代京都に現れた小野篁とその仲間たちが、「オペラでコロナを倒す」べく地獄の底へ。奇想天外で壮大な「人類史オペ

んと向き合っていることになるのか？俺はやっぱり、そんな風には思えない。暴力なんてできるだけしまっておいた方がいいはずだ。どれだけ誠実だとしても、暴力は暴力でしかない。俺はそれを愛情だとか信頼だとかってことにはできない。これは、俺が球子より強いから思うことではないはず。俺の、俺だけの性格だ。その性格が、球子を追い詰めているのだとしたら？　今、俺にできることは何だろう。球子がどれだけ暴力を振るってほしがったとしても、それでこそ対等だと感じるんだとしても、俺は、どうしても殴りたくない。怒鳴りたくない。もしかしたら俺は、眠っている自分の暴力性とかパワーを恐れているのかもしれなくて、だとしたら。残された方法は一つしかない。俺は立ち上がって台所に行く。既に水になってしまった簡易氷嚢をシンクに流して、水切りカゴに刺さったままの包丁を取り上げる。

「これを持った球子と、俺は、ちょうどだと思う？」

「何言ってんの？」

「力の話だよ。俺は男で、球子は女で、別に俺は鍛えたりしてないけど、でも筋肉差とかはあるわけじゃん。それをまずトントンにしたい。そのために、この包丁を球子が持つのはどう？」

「……わかんない。でも、素手よりはもしかして近いのかな」

「きっとそうだよね。俺、球子にビンタされても抵抗しなかったけど、流石にこれを振り上げられたら本気で止めると思う。だから、これ持ってて」

「……刺して、とか言わないよね？」

「言わないよ」

　さっき俺を打ち続けた球子の右手に包丁が収まる。先週、キムチ鍋の汁で真っ赤だった時の姿が蘇って筋が力む。

「球子がその包丁で、俺を刺そうとしてるわけじゃないって、わかっててもやっぱり俺は今、さっきより気が張ってて、どう感じる？今の俺の方が、誠実に見える？」

「うーん。誠実って言葉じゃない気がするけど、でも、フェアな感じはする、かな」

「嬉しい？」

「あんまり」

「なんで？」

「なんか、取り立ててるみたいな気分だから。それに、怖がらせて悪いなって思う」

　えーその感情もあるのかよ。じゃあなんであんな怖いことできたんだと俺は思うけど今は言わない。

「球子は俺といる時怖かった？」

「怖いってのはないよ。勇が私を殴ることないって、何となく信じてるっていうか、まぁこれはポジティブな意味だけじゃないんだけど」

「どういうこと？」

「殴りたくないから殴らないんじゃなくて、私なんて殴る必要もないくらい弱いと思ってるから殴らないんじゃないかって感じるの」

「そんなんじゃないよ」

「じゃあなんで？」

「さっきも言ったけど、性格だよ。球子が俺をグゥで殴らなかったのは、俺が弱いからじゃないよね？だって、球子は俺の方が強いと思ってるわけじゃん。それでもグゥで殴らないのは、球子の性格なんじゃないの？」

「なるほど」

「球子はパァでなら殴れるけどグゥでは殴れない性格で、俺はパァでもグゥでも殴れない性格なんだよ。でさ、俺からすると、パァだろうがグゥだろうがチョキだろうが、人を殴れる人ってのはその時点で強いと思う。これは明るい意味じゃなくて、そういう人って、ちょっと壊れてるっていうか」

「え、私壊れてるの？」

「うん。イカれてんじゃない？」

「なんで」

「自分で自分のことどう思う？無抵抗の人に何度もビンタして、自分から車に轢かれて、夫がクビになるような電話かけてって、そういうことする人のこと、まともだって感じる？」

「それはごめんだし、羅列だけされるとやばいなって思うけど、理由を聞けば」

「理由なんて関係ないと思う。『これこれこういう理由の場合、こういう行いまでは仕方ないの範疇です』なんて風にはできてないし、そういうルールの話をしたいわけじゃない。そうじゃなくて、自分の持っている理由をどれだけ信じられて、そのために、どれだけ他のことを無視できるか、ぶっ壊れちゃえるかって話だから。球子は無視できる側の人間で、俺はできない側の人間。イカれてるってのは俺側からの感想で、実際はシンプルな性格の違いだと思う」

そして問題は、その性格がどうやって作られていったかだ。俺という人間がこうなった理由と、球子という人間があなった理由。別に俺たちは自分から進んでこうなったわけじゃない。気づいたらなっていたのだ。俺が暴力を振るいたくないと思う理由に、トラウマみたいなものは一切ない。格闘技の経験があるわけでもないし、なんなら自分の持っている力に今の今まで無自覚だった。それは、無自覚でいられるくらい安全だったということだろうか。逆に球子は、いつでも人を殴れるくらい頭をイカれさせないと、今日まで生きてこられなかったんだとしたら。そういう風にしか、強くなれなかったのだとしたら。

「俺、やっぱり球子は強いと思う」

「……包丁を持ってるから？」

「違うよ。確かにその包丁はシンプルに凶器で怖いけど、多分俺が持ってるより球子が持ってる方が凶器としての質が上がってると思う。俺にはそれ、使える気がしないけど、球子は使えそうじゃん。そうやって力を底上げできるのが俺にはない球子の強さだよ。でも、そんな強さ球子が望んで手にしてきたものじゃないと思う。弱くたっていいはずなのに、そう思えなくなったのって、球子の意思？」

「……わかんない」

「本当にわかんない？」

「わかんない。漠然とした強くなりたいって願望は、小さい頃からあるの。でも、今私が、今っていうかこのノートに書いてたみたいな強さへの気持ちは、いつどこからきたものか、なんでなのか、わからない。だけどね、もう、今ね、勇のなにが羨ましいって、強いこととかじゃなくて、強さを考えないで生きてきた人なんだってことが、羨ましい。し、『強さ』って言葉の中に、私が持ってるみたいな穢れが含まれてない感じが、私が最初に好きだった意味での『強さ』って言葉のままであることが、どうしよう、すごく羨ましい」

うらやましいよぉ〜って、球子はまた泣き始める。俺も、俺だけが持ってしまっている余裕、俺だけが持ってしまっている弱さ、そういうものが恨めしくて恨めしくて涙が出てくる。愛してるからって全部同じなんて無理だということは知ってる。別にそんなことはなから望んじゃいない。でも、俺は球子ともう少し近いと思っていた。もう少し似た人間で、もう少しわかり合えていると思っていた。だけど、俺たちは遠くて、全然違って、知らないことばかりだ。床についている俺の手に、どちらのものかわからない涙が落ちてくる。俺たちは今、同じ温度の涙を流しているってことだけはわかるのに、そこに含まれる意味の途方もない違いが俺たちを引き裂く。

「俺は今、球子のためにできることは何だろうって考えてる。俺の気持ちは、実際はこういう言葉をしてないんだけど、でも他の言葉が見つからなくて、こんな言葉になってごめん。

愛情がここにあって、それが、なんとかしたいって気持ちの源で、それ以外にはない」

鎖骨と胸のちょうど間、俺たちが「心に一番近い場所」と呼んでいる場所に手を添える。強く押す。どうか気持ちが伝わりますようにと祈りながら。

「うん」

「どうしたら、なんとかできるか、俺はわかってなくて」

「うん」

――自分の持っている理由をどれだけ信じられて、そのために、どれだけ他のことを無視できるか、ぶっ壊れちゃえるかって話だから。

俺には今、愛情という理由がある。そのために、何もかもを無視したら。

「やっぱり一回刺してくれない？」

「え？」

「刺そうとして。本気で。俺も本気で抵抗する」

「やだ怖いよ」

「俺も怖いよ。でもその怖さは、球子がきちんと見つめなきゃいけない怖さだと思う。そういう怖いことを、球子はずっとしてきたんだよ。ちゃんと認識しなきゃいけない。俺たちはそれぞれ怖い人間だってこと。俺も球子と同じように、自分の怖さから目を背けてたんだと思う。力もそうだし、穢れてないとしたらそんなの怖いよ。だから、何も気づかずにぼーっと生きてこれた自分のことを殺したい」

「殺したくないよ」

「比喩比喩。大丈夫、流石にマジで死んだりはしないよ」

「わかんないじゃんそんなの！」

「絶対死なない。球子だって、何回車に轢かれても死ななかったじゃん。そういう不思議な力は、俺にだってあるはずだよ」

「……やだ」

「大丈夫だから。球子の不思議な力を俺は今やっと信じられてて、てことは俺も不思議になれたんだ」

「それ大丈夫なの？」

「大丈夫じゃないとしても、二人いれば社会だよ」

「……三人じゃなくて？」

「じゃあ三人。俺と、球子と、不思議で三人」

「なにそれ」

「お願い。お願い球子。やってみよう。俺たちこのままじゃダメだよ」

球子の目の色が変わって、熱い掌が俺の心に一番近い場所に押しつけられる。

「本気ね？」

「うん」

球子は立ち上がって、リビングの端まで後退する。俺も立ち上がって、脚を肩幅に開く。

絶対に、球子に俺を殺させるわけにはいかない。俺は絶対に刺されちゃいけない。そのために、俺は今から生まれて初めて自分の力と向き合う。俺の身体にある力。俺の心にある生命力。俺の存在を支える愛情。それら全部を使って、俺は怖い人間を倒す。

「いくよ」

スゥッと息を吸う音がして、球子の身体がこわばる。包丁を握った手、そこに繋がる腕や肩が、ギプスで固められた左肩よりも強く固まっている。ドタバタした足音を響かせて迫ってくる球子の右手を、俺の両手が掴んで、振り下ろされそうな凶器を止める。習っていないのにできることが、俺たちには沢山ある。

「あああああ」

予想以上に強い力が、俺の手を振り払おうとする。絶対に離しちゃダメだ。殺させちゃダメだ。球子をこれ以上強くさせてはいけない。

「あああああああ」

本気で力を振るうと、声が出るのだと知る。俺は、俺の身体のことを何も知らずに生きてきた。知らないまま生きてこれてしまった俺の強さが憎い。部屋の中はすっかり暗くて、開けっぱなしのカーテンから入ってくる街灯の光が刃先に反射する。きらりと光ったその瞬間、球子は一瞬脱力して、俺は力の置き場所がわからず前につんのめってしまう。「危ない！」って言葉を宙に浮かせたまま、押し倒すみたいに倒れ込む俺を、球子が下から抱きしめる。

「痛い!!」

「え、うそ、うそうそごめんなさい！」

「痛いー」

「大丈夫？え、刺しちゃったの私」

「ううー血出てる？見える？」

「どこが痛いの？」

「右側」

「えっと……わかんない。出てたとしてもわかんないくらいしか出てない！」

「よかったー包丁は？」

「持ってる！」

「刺さってない？」

「うん！」

球子は抱きしめるのをやめて、どこかに包丁を投げる。ガチャンって音が足の方から聞こえてくる。

「起き上がれる？」

「たぶん。でももうちょっとこうしてていい？」

「え、いいけど大丈夫なの？」

「わかんないけど、でも、もうちょっと」

「わかった」

「……球子が俺にしてきたこと、俺はまだ、ここまでやっても、どう思えばいいかわかんないんだ。ただ、もう今までみたいに守らないでほしいって気持ちはあって」

「うん。今勇が痛いのも、私が守ろうとしちゃったからだもんね」

「あー、今のはそのジャンルに入らないと思う」

「え、そうなの？」

「自作自演じゃないじゃん。よね？」

「うん。今のは違うよ」

「うん。だから今のは違う。今のは守るだよ」

「……守れてないけどね」

「守れてるんだよ」

「なんで？」

「倒れる俺を見つめてたから起きたことでしょ？この先何が起きるかとか考えずに、そんなことより、倒れる俺を見てたから動いた身体は、守るだと思う」

「刺されたのに？」

「刺されても、俺はこっちがいいよ」

「……ごめん」

「『いいよ～改めてよろしく！』ってのはさ、それこそ球子をナメてることになっちゃうんじゃないかって怖いんだ。同じように球子にも、無理に俺を許してほしいと思わないし」

「うん」

「たぶん俺たち」

「待って勇」

「なに？」

「やっぱ結構血出てる」

「マジ？」

俺はようやく起き上がる。熱い右肩に触れると、たらたらと血が流れている。べたりと掌に付着した血は光る。その光の中に、俺の無知、それ故の穢れなき強さが含まれている。失ってしまえ。

「救急車呼ぶよ」

「うん、お願い」

「応急処置とか」

「いや、それはいい。きっと、あと少しで止まるから」

不思議だけど、俺にはそれがわかる。


〝許す〟って言葉の語源は〝ゆるゆる〟で、罪人の縄を緩めることからきているらしい。今、球子の左肩は包帯でギチギチのグルグル巻きで、恐らく数時間後には俺の右肩も同じになる。何も知らない世田谷病院が、俺たちを同じように縛り付ける。だけどそのギチギチグルグルは永遠じゃない。皮膚も骨もいつかは繋がり、はなればなれのあちらとこちらは一つになる。

不思議なくらいに。俺と球子の間にも不思議がいて、君のおかげでそのうちほどける。

存在よ！

真っ白だったキヌの顔に赤黒い痣《あざ》が造られるまでにかかった時間は十五分。顔中に塗られた糊のような液体が皮膚を完全に覆った後、スポンジで削られ生まれたその隙間に痣は造られた。今にも落下しそうな偽物の皮膚がどうにも痒いキヌは、爪の先で時々擦っていたがその自由もまもなく失われる。今度は両手を怪我させなくてはいけない。ヘアメイクの女性はまずキヌの左手をとって、丁寧に伸ばされた形の良い爪をやすりで削る。再度美しく爪を育てるには、どのくらいの時間がかかるだろう。一瞬、キヌの眉間に皺が寄ったように見えたが、糊のせいでうまく顔を動かせないようで嫌悪が悟られることはなかった。尖った気味の悪い形の爪と、白くもっちりした指はとてもアンバランスで、その二つをつなぐように黒い絵の具が爪と肉の間に押し込まれる。泥遊びでもしたかのような自分の指先を、キヌは黙って見つめていた。ヘアメイクの女性はスポンジに黄土色の絵の具をつけて、五本全ての指に塗っていく。さっきまで動き回っていた指先はもう、自由に動かすことのできない、血の通っていないものに見えた。それから緑の絵の具を筆につけ、キヌの手にうっすらと浮かんでいた血管を強調するようになぞっていく。濃くなった血管に黒で影を作れば、途端に痩せる。

最後に土のような粉を手全体に擦り付けると、見窄《みすぼ》らしく痩せ細った可哀想な女の手が完成した。

「ちょっと待っててね」

ヘアメイクはそう言って部屋を出ていく。一人になったキヌは不思議そうに自分の痩せてしまった手を閉じたり開いたりした後、着心地の悪いバスローブから伸びる自分の両足を見つめた。手と同じように粉を塗《まぶ》され、所々に切り傷や痣が造られた足は化粧とわかっていても痛みを生みそうで、キヌは汚れていない右手でそっと、血が固まったように赤黒く光っている膝小僧に触れる。偽物であることを確認したいんだろう。恐る恐る触れた後、今度はしっかり押してみる。当然痛みはないらしく、持ち上がっていた両肩がストンと落ちた。触れた指先を見るとしっかり絵の具が移っていて、慌てて拭き取る姿は小さな子供のようで危なっかしい。先月二十五歳になったキヌは、モデルになって五年。名前が売れるような仕事はしたことがない。主な収入源は喫茶店のアルバイトで、時々舞い込む仕事もキヌかどうかなど誰もわからないようなコマーシャルや雑誌の小さな写真がほとんどだ。小さい、とはいえ実際に自分が映るのならまだ良い方で、彼女が事務所からもらう仕事の多くは「スタンドイン」というものだった。名の知れた役者やモデルの労働時間を減らすための代役のような仕事で、何時間カメラの前に立ったとしても、その姿が世間に見えることはない。この仕事もそれと同じようなもので、映画に出てくる幽霊役のメイクモデル、いわば練習台が、今彼女がやるべき仕事だった。訪れるのかもわからない日の目のために、毎日磨いてきた肉体をこんな風にボロボロに作り替えられるのはどんな気分だろう。キヌの顔は糊で引き攣《つ》り怪我に覆われ、表情から何かを汲み取ることは難しい。だが、呆然と鏡に映る自分の姿を見つめる彼女の背中、そこを走る神経は今にもちぎれそうなほど丸まっていて、体内にある傷口を守っているように見えた。

「お待たせー」

ヘアメイクはたくさんの人を引き連れて戻ってきた。監督、助監督、衣装、制作、肩書きのわからない偉そうな人。ほとんどが男性で、狭いメイクルームは途端に大きな身体でいっぱいになる。その中心にポッカリ空いたキヌの穴。室内にいるキヌを除いた十人全員が、一切の遠慮なく彼女を見つめた。視線に気圧されたキヌだったがすぐに立ち上がり、鏡と監督どちらを正面としたらいいかを一瞬迷った後、監督を正面と決め僅かに微笑んだ。

「こんな感じで、手は壊死《えし》してるイメージで作って」

ヘアメイクがキヌの手を掴み監督に差し出す。突然のその動きにバスローブの胸元が少しずれてしまい、キヌは慌てて襟を手繰り寄せた。一同は食い入るようにキヌの手を見つめながら、監督の言葉を待っているようだった。

「なるほど」

「で、足は、えっとー」

しゃがみ込んだヘアメイクが、愛想笑いを浮かべながらキヌを見上げる。すぐに愛想笑いを返すキヌだったが、次の瞬間にはその笑みの意味を理解して「あ」と小さく声を上げた。

それから両手を迷いなくバスローブの裾に持っていき、膝上まで持ち上げる。それを合図に輪を作っていた人間たちが一斉にしゃがみ込んだ。

「こういう感じで、切り傷と汚れメインで作ってます」

輪の中心でキヌは、じっと前を見据えながらただただバスローブをたくし上げていた。無遠慮に向けられる視線が視界に入らないように、背筋をしっかり伸ばしてゆっくり呼吸を繰り返す。時々「ここが」などという声と一緒に、誰かの指先が素足に触れて、その度キヌは唇を内側にしまいかけてはやめた。さっき造られた傷を舐め取ってしまわないよう気をつけているんだろう。化粧は膝から下にしか施されていないため、人々の手も、視線も、それ以上高い場所には及ばない。何かが起きるとしたら膝から下で、そこはただ生きているだけでも無数に人の目に触れる場所だ。だからなんてことはない、と言いたげな彼女の平然とした瞳とは裏腹に、バスローブを握る手には強い力が籠っていて、左側の裾には生乾きの絵の具がどんどん浸透していった。

「この辺までやらないの？」

穴の中に飛び込んできたのは声の大きなおばさんで、首にはメジャーがぶら下がっている。衣装担当の彼女は、キヌがたくし上げているバスローブの裾を勢いよく摑み、カーテンを開けるように肌を晒す。驚いたキヌがハッと自分の下半身を見ると、彼女はキヌを見上げ、二人の目がパチっと合った。そのまま口を開いた衣装に対応するようにキヌは再度愛想笑いを浮かべるが、衣装の口から出たのは「着物だからここまで見えるかもよ」という事務的な言葉で、キヌに対して投げかけられたものではなかった。

「ここまでいきます？」

「だって引き摺られたりした後でしょ？」

「あー。全然、見えるってなったらその部分までやりますけど。監督どうですか？」

「そうだねぇ。実際やってみないとわかんないけど、菅野《かんの》さんの言う通りかも。一応、この辺りまではやっておいてもらったほうがいいですね」

キヌの汚れていない太ももに、監督の骨張った指が沈み込む。男性に触れられたことでキヌの身体は僅かに硬直したが、悟られまいと思ってか、むしろもっと触りやすいように左足を少し前に出した。自分の周囲に跪く大人たちに足を差し出す姿も気味が悪いが、躊躇なく、舐めるように見つめ続ける群衆はもっと恐ろしい。この状況を上から見ればその異様さは誰にでも理解できるのに、輪の中に入ってしまうと何も感じないようだった。

「あとこの辺だな気になるのは」

立ち上がった監督は、開き始めた胸元から伸びる首筋に手をかざす。

「ここもどのくらい着崩れるかまだわかんないけど、実際は全身ボロボロなはずだから、顔、首、胸、お腹ーって、ずーっと傷が続いてるように見えてほしい」

上から下へ、監督の指がすぅっと降りていく。触れてはいない指先が一同の視線を誘導して、まるでその指先が向いている場所ならばいくらでも勝手に見つめて良いと許可しているようだった。その先端が森でも、家でも、肉体でも。そこに命があるか、心があるかは関係ない。意志を吸い取るような監督の指はキヌの身体を上へ下へ行ったり来たりした後に解除され、一同は彼の言った言葉を各々記録し始めた。キヌはというと、ただぼぅっとそこに立っていて、視線が去ったのを確認した後両手を開く。落下した裾はキヌの美しい太ももを隠して、彼女はまた見窄らしい女の幽霊に戻った。

「方向性的には今中曽根さんが作ってくれてるイメージで問題ないので、これを全体的にもう少し多めに、重傷にしてもらえたら」

「わかりました」

「じゃあ、ありがとうございました」

監督が輪を抜けると、一気に人々が動き出す。部屋の密度は下がり、キヌは安心したように鏡を見た。自分の無事を確認しているようだった。

「キヌさん、お写真いただきます」

若い男性がキヌを白い壁の前に誘導し、全身、顔、手、足と順番に写真を撮っていく。その隣では中曽根さんと呼ばれていたヘアメイクも写真を撮っていて、キヌはどちらのカメラに照準を合わせればいいか迷っているようだった。二人が撮影した写真を確認している間、キヌは尖った自分の爪を反対の手でなぞり、時々、どんな写真を撮られたのか見ようと首を伸ばす。二人がキヌのその動きに気づくわけもなく、数枚のキヌの写真は静かに保存されていった。

「あー付いちゃってるね、絵の具」

揺れるメジャーを鬱陶しそうにもう一巻きさせながら、衣装の菅野がキヌに近づいてきて絵の具の移ったバスローブの裾を摑んだ。この部屋には中曽根と菅野、それから写真撮影をした男性がいるが、菅野はそのことを全く気にしていないようだった。汚れが落ちるか確認しようと持ち上げられた裾のせいで、キヌの足は先ほど同様付け根の辺りまで顕《あらわ》になってしまっている。

「あ、すぐ着替えます」

ちらちら向けられる男性の視線を気にして、キヌは慌てて更衣室へ向かおうと動く。しかし菅野はキヌを逃さないと言わんばかりにバスローブを摑み続けていた。

「落としてから着替えないと汚れちゃうから、キヌさん座って」

「そっか、すいません」

中曽根の一声でようやく解放されたキヌは鏡前の椅子に座り、手渡される化粧落としで顔を拭った。赤黒い痣は簡単には落ちなくて、擦った部分に伸びていくだけだった。偽物の怪我を落としているはずなのに、むしろ重傷になっていく。すっかり固まりきった糊は丸まるだけで、顔中にフケがついているようだった。中曽根は床に座り込んで、ウェットティッシュでキヌの足を拭いていった。その隣に腰を下ろした菅野はまたバスローブに手をかけて「これ何性?」だとか「いつ付いたんだろう」などとぼやいている。キヌはその言葉を聞きながら、小さく「すいません」と謝り続けた。少しずつ顔面は自由になっているはずなのに表情は失われたまま、まるで、キヌの中に住んでいる小さな人間が勝手に声を出しているみたいに「すいません」「すいません」を繰り返した。

仕事場を後にしたキヌはヘッドフォンを片耳だけずらした状態で装着して、競歩のようなスピードで駅へと歩き出す。一月の東京は十八時でも真っ暗闇で、時々ごま油の匂いが香ってくる住宅街は匂いと裏腹に安心できない静けさだった。長い髪は上着とマフラーの中に仕舞われたままで、暗がりの中ではショートカットに見える。一六八センチの長身も相まって、今のキヌは遠くからだと性別がわからない。彼女なりの、せめてもの安全確保なんだろう。時折、鋭く尖ったままの爪で顔を引っ掻いては指先を見つめ、そこについた糊のカスを宙に飛ばしている。落としきったはずの化粧はしぶとくキヌの身体に潜んでいて、大股で歩く姿はそれを吹っ切ろうと一生懸命なようにも見えた。

「はぁ」

大きなため息は白い息にならない。透明なままゆっくり地面に落ちていくそれを踏み出す足で蹴って蹴って、持ち運んでしまっているからなのか。彼女の気分は駅に着いても晴れないままのようだった。


映画撮影の安全祈願のお祓いに、キヌは参加していなかった。彼女が自分の欠席を知ったのは二度目のメイクテストの日で、中曽根から聞かされた「お祓い」という行事の存在に驚き、覚えのない欠席に焦った。彼女に罪はない。制作から事務所にお祓いの日時が連絡されていたのに、それがキヌまで届かなかったのだから。届かなかったのはそれだけではない。

彼女には台本も届いておらず、自分の仕事が変わったことも知らされていなかった。

「吹き替えも、よろしくお願いしますね」

監督に言い放たれた一言に返事をする間も無く、キヌはメイクルームではなく衣装部屋に案内された。個室にぶら下げられた着物が幽霊の衣装であることはキヌにもわかったが、何故今日自分がそれを着ることになっているのかわからない。困惑しながらも服を脱ぐと、着物を手に取った菅野はわざとらしいため息を漏らす。

「今日はもう仕方ないけど、今後は下着気をつけてください。響かないやつ。わかる?」

真っ白な素肌のままのキヌの顔に一瞬で赤みが差した。彼女が着けているブラジャーもパンツも、これといって派手なものではない。極々普通の下着だ。しかし、衣装を着るとなると話は違うようで、下着の線が出ないよう特別なものを着けなければいけないらしい。

「ごめんなさい、気をつけます」

自身を守るように赤く染まった皮膚のまま、キヌは静かに謝った。本当に悪いのは、今日衣装を着ると伝えなかった事務所だが、そんなことは誰も知らない。知らなければ、全てキヌの責任に見える。菅野はもう一度大きくため息をついて、力一杯腰紐を引っ張った。襦袢の上から着せられた着物が重くキヌを包む。彼女はその重たさと、菅野の力に負けないよう、精一杯踏ん張ってその場に立ち続けた。

「お待たせしました」

菅野について会議室へ行くと、先日と同じ顔ぶれが待ち構えていた。

「サイズ感大丈夫そうですか？」

「あ」

監督の質問に答えようとキヌが口を開けば、上から菅野のよく通る声がかぶさる。

「問題ないと思います。二人身長も同じですし」

「よかった。じゃあこれをもう一着用意してもらう感じで。汚しは回想シーンの撮影後に同じ感じにしてくれるんですよね？」

「はい」

「お願いします。いやーキヌさん。ほんとありがとうございますね、何度も」

「あ、いえ」

「細かいことはたぶん現場でってことになっちゃうと思うんですけど、今の時点で何か気になることあります？」

監督はやっとキヌに声をかけた。彼女は少しホッとしたように笑みを浮かべた後、両手で口元を隠す。何かとても言いにくいことを口にしようとしているその仕草を合図に、部屋にいる大人たちに目配せが走った。

「あの、私吹き替えって今までやったことなくて」

「あ、そうですか」

やったことがないばかりか、彼女は「吹き替え」の言葉の意味すら知らなかった。それを悟られたら、既にほつれてぶらついている権利がいよいよ本当に失われてしまうんじゃないかと恐れてか、キヌは必死に明るく振る舞いながら監督に質問した。

「具体的にどんなことをすればいいんですかね？」

「あー……台本って読まれました？」

「え、頂けてません」

瞬間、視線は一斉に入口のドアに集まる。キヌもみんなに倣って目をやると、そこには小柄な女性が立っていた。突然集まった注目に目を見開くその女性に笑顔を向けながらも、キヌにはこの不手際が彼女の責任なのか事務所の責任なのか判断がつかない。後者であれば、また自分が代わりに謝らないといけないからか、キヌはぶらりと垂れた長い腕を背中に回し、祈るように組んだ。

「ごめんなさい、私です」

「ちょっと〜みっちゃん頼むよ〜」

「取ってきます」

小さく呟かれる大人たちの悪態を聞きながら、キヌはホッとした表情を見せた。自分以外の人間の失敗に救われる時がある。今がまさにそうなのだろう。

「あーごめんなさいねキヌさん。一応ざっと説明すると、キヌさんに吹き替えで入ってほしいのはワンシーンだけで、菊が主人公を追い詰める時に、増えたいんですよ」

増える、という言葉は知っていても、増えたい、という言葉は耳馴れない。キヌはポカンと口を開けたままだった。それから慌てたように一度口を閉じ、思い出したように話し始める。

「あ、あの、私本当に全くお芝居とかやったことなくて」

「大丈夫ですよ、お芝居というより、いてもらうだけですから」

「え、ほんとですか？」

「はい。まぁ走り寄るとかはしてもらうかもですけど」

「……私本当にお芝居やったことないですよ？」

「大丈夫です。もっと言うと、全身きちんと映すことはないと思うので。流石《さすが》にバレちゃいますからね別人だって。例えば、ぼかしてとか、背中だけとか。そういうのなんで大丈夫」

「わかりました」

キヌは、監督が言っていることの意味がほとんどわかっていないようだった。しかし、この場でこれ以上追及するのは難しいのだろう。自分が使って良い時間などないということを熟知しているキヌは、まだ飲み込める形になっていない詰め込まれたあれこれを無理やり体内に落下させる。

「大丈夫大丈夫～」

輪の中にいた男がキヌを安心させようと明るい声でそう言えば、周囲も後押しするかのように笑みを浮かべた。キヌもそれに合わせて小さな頷きを何度か繰り返す。飲み込めました、と自分に言い聞かせるように。もっと大きく頷こうと下がる頭でうなじが軋《きし》み、そのまま持ち上がってはこなかった。

「じゃあ、次はメイクかな？」

「はい、三十分くらいください。キヌちゃんまず着替えてもらって」

キヌはさっき着替えた衣装部屋に戻り、先日と同じバスローブに着替えた。「今日は汚さないでよ」と菅野に注意を受けたキヌは「気をつけます」と返事をし、廊下に出た瞬間白目をむく。それは一秒にも満たない短い時間で、すぐに黒目を取り戻したキヌは足早にメイクルームへ入っていった。待ち構えていた中曽根は菅野と違いにこやかで、キヌを座らせてから「台本、焦ったね」と労わるように声をかけた。やっと行われる人間らしい会話にキヌは心底ホッとしたのか「驚いちゃいますよ」と愚痴をこぼし、顔面に叩き込まれる化粧水を気持ちよさそうに吸い込んだ。

「撮影はいつからなんですか？」

「全体は来週からだよ。でもキヌちゃんのシーンはもうちょっと先なはず」

「わ〜もう始まるんですね」

「結構忙しい？」

「いや全然。暇なので助かりますよ、予定くれて」

「えーそうなの？忙しいんだと思ってた。お祓い来れなかったしさ」

お祓い？と聞き返すキヌの顔は、既に怪我し始めている。前回同様顔中に糊を塗られ、口元とおでこの右の方に痣の下地が完成したその姿は実際に怪我をしているよりむしろ不気味で血の気がない。作り物ではない本当の動揺と恐怖が、彼女の皮膚の下から浮かび上がってきていた。

「……お祓いがあったんですか？」

「え、聞いてない!?」

「はい……」

「わーそっかぁ」

厚く塗られる黄色いファンデーションが、皮膚から毛穴、毛穴から体内へ。取り返しのつかない深部まで沈んでいくようだ。中曽根は何も気にせず、明るい声で話し続ける。

「まぁでも、全員来るわけじゃないからさ」

「でも、一ノ瀬さんは流石に行きましたよね？」

「あーそうだね」

「そうだよなぁ。一ノ瀬さんと私はなんか、すごい行った方が良い感じしますよ」

「本物が行ってくれてるから大丈夫だって」

本物、と呼ばれる一ノ瀬遥は幽霊の菊役を演じる役者で、キヌと似た背格好をした二十一歳の女だ。彼女はキヌと違い、大きな事務所に所属していて既に沢山の映画やドラマに出演している。多忙な彼女の代わりに何度もキヌはメイクテストに参加しているのだから、逆にキヌのお祓いは一ノ瀬が代わりを務めてくれても良いんじゃないか。中曽根の言い分は筋が通っているようにも思える。しかしキヌは不安げな顔のままだった。

「それに、来れなかったのキヌちゃんだけじゃないよ。俳優部も技術部も、いない人いっぱいいたし」

「そっかぁ。え、どんなことするんですか？」

「んーとね、なんかまぁ、神社から人が来てくれて、成功と無事を祈るみたいな。監督とプロデューサーと主演とか、あと各セクションのチーフはなんか、前出て枝？みたいなのを捧げるんだけど、基本他は座ってるだけだよ」

「なるほど……」

「大丈夫だって！キヌちゃんの分も祈っといたから！」

中曽根のこの言葉は嘘だ。お祓いの最中、そこにいないキヌのことを考えた人間は一人もいなかった。ほとんどの人間は聞こえてくる祝詞《のりと》をなんとなく聞きながら、キヌのことはおろか作品のことすら考えていなかった。それを知る由もないキヌは、少しだけホッとしたように息をついて「ありがとうございます」と笑顔を見せる。

「オッケー！手足やるけどトイレ行っとく？」

「はい！」

バスローブにボロボロの顔。およそ現実にはいない姿のまま、キヌは三階の隅にあるお手洗いへ向かった。自分の見た目が今とんでもない状態だという自覚があるからか、俯《うつむ》きながら足早に歩いていく。途中、すれ違った女性がハッと息を呑む音を聞いて、キヌは更に顔を伏せた。直角に折り曲がった首に丸い頭が垂れている様はぶら提灯のようで余計に怖い。控えめに押したドアの隙間から中を窺《うかが》うと、お手洗いには誰もいなかった。安心したキヌは個室に入り鍵をかける。便座に座り、これから汚されるであろう真っ白な太ももを、同じように白い指先で撫でた。美しいキヌの姿を待っている人間はいない。かといって、ボロボロになったキヌの姿を待っている人間も、厳密にはいない。全ては一ノ瀬遥のためだ。気が抜けたのか、水洗タンクに寄りかかると、陶器でできたそれはガコッと嫌な音を立てた。慌てて姿勢を戻すと同時に、表のドアが開く音がする。

「早くしてくんないかな」

「もうちょっとですよ」

「しかもさ、なんで送ってないわけ?言わなくてもわかるじゃん」

聞いたことのない二つの声が、ドア一枚向こうから聞こえてくる。何の話をしているのかわからないが、キヌは自分のことのように身体を丸めた。できるだけ音が鳴らないよう、優しい力でトイレットペーパーを引き出してゆっくりちぎる。外の声は止んで、個室の鍵がかかる音がカコッ、カコッと二回鳴った。それを聞いたキヌは一変して、急いでパンツを引き上げ水を流す。誰にも会わないように。突然個室を出て悲鳴を上げられないように。大慌てでお手洗いを後にする姿は観客を怖がらせる幽霊とは程遠く、怯えて逃げるただの人間だった。

キヌがメイクルームに戻ると、中曽根はキヌの手足に怪我を造り続けた。四本の棒、それを包む全ての皮膚を広げて繋ぎ合わせたら、どのくらいの大きさになるのだろう。キャンバスに水彩画を描くように、中曽根は躊躇なく絵の具を散らしていった。

「うわ、怖いね！」

「あはは」

「痛そ〜」

「あはは」

黒ずんだ皮膚の上に固まった血。傷口であることはわかるが、どうやったらこんな傷ができるのかはわからなかった。ただ転んだり、その辺りを引き摺られてもこうはならないだろう。菊の身に一体どんな災いが降りかかったのか、台本を読めば腑に落ちるんだろうか。キヌは早く家に帰りたそうで、当たり障りのない音を発し続けていた。

「たぶん当日は他に血糊とかが追加されると思う！ちょっと待ってて」

作業を終えた中曽根は、手にこびり付いた絵の具を拭き取りながらそう言って出ていく。またあの大量の視線に晒されるのかと思うと心細いようで、キヌはギュッと手を握っていた。そんなことをしても何にもならない。キヌの拳に気づく者はいない。壊死した両手をみんなに見せれば怖い怖いと歓声が湧く。中曽根は誇らしげに安堵の息を漏らして、菅野はバスローブの裾をいじる。少し動けば見えてしまいそうなピンクの下着だけが今、キヌを唯一守っていた。

大学三年の夏休み。孝《たかし》はゼミ仲間五人で田舎に研究旅行に行く。観光客なんてほとんど来ないその田舎は過疎の進んだ村で、五人は村長の家の離れに泊めてもらう予定だ。過疎地域の研究として、一ヶ月の滞在。遊び半分勉強半分の楽しいひと時となるはずだったが、その村には奇妙な風習があり、なんでも「日が沈んでから朝日が昇るまで、絶対に水を飲んではいけない」らしい。そんな馬鹿なと笑う一同。村での生活にも慣れてきたある日、孝は夜中に異常な喉の渇きを覚えて庭の井戸に水を汲みにいく。すると、そこには見慣れぬ人影があり……

台本の四分の一といったところだろうか。十畳しかない部屋の真ん中に置かれた炬燵《こたつ》に入っているキヌは、最初のうち真剣な面持ちで台本に向き合っていたが「水を飲んだら殺される」という村の掟を知った瞬間吹き出した。炬燵の上には、さっき開けたばかりの炭酸水が置かれていて、彼女はこの炭酸水も「水」に含まれるのかと考えるようにグラスを見つめる。冷蔵庫から炭と水の入った容器を取り出し、その水をコップに入れる。水道水もコップに入れる。三つを炬燵に並べた後、キヌはもう一度吹き出した。

「絶対に、水を飲んだらあかんよ……」

村長の台詞を読み上げるキヌの声には熱がこもっていて、演技をしたことがないという割には真に迫るものがあった。キヌ自身もそう感じたようで、面白そうに何度も繰り返している。

「でもほら、郷に入っては郷に従えって、言うだろ？」

今度は孝の台詞を読み上げて、大きな声で笑った。

「郷に入っては郷に従えって、言うだろ？」

「郷に入っては郷に従え」という言葉を、声に出すのは初めてなのだろう。口馴染みの悪さを何度も何度も確かめながら、突然思い出したかのように干しっぱなしだった洗濯物をしまい始めた。窓を開けた途端侵入する外気のせいで、橙《だいだい》色の光とキヌの笑い声で暖かだった部屋の中は蛍光灯で照らされたように質素に見える。その心許なさにキヌが慌てて窓を閉めると、トゥクトゥントゥルルと電話が鳴った。

「お疲れ様です。今大丈夫？」

「あ、はい」

「スタンドインの件でって言ってたけど、どうした？」

電話の相手は事務所の人間で、キヌは電話越しなのに姿勢を正す。

「今日メイクテストに行ったら『吹き替えもお願いします』って言われたんですけど、安藤さん聞いてました？」

「あぁ、聞いてたよ。あれ？言ってなかった？」

「はい」

「あー！ごめんね！」

やけに明るい、なのに不思議と圧力のある男の声だった。

「てことは、今日衣装合わせがあるってことも聞いてたんですか？」

「あーそうだね。ごめんね」

キヌは、安藤というこの男の態度に慣れきっているようでごく当たり前のように言葉を受け取っている。どう考えてもふさわしくない態度を取られているのに、なんの抵抗もしていない。さっき閉めたはずの窓から一筋の風が吹き込むと、キヌはギョッとしたようにそちらに目を向けた。恐怖は力になる。キヌは恐らく、自分がお祓いに参加できなかったことを、今の冷たい風で思い出したんだろう。お祓いに参加していない。参加できたのにできなかった。自分以外のせいで。

「そういうの困ります」

「そうだよねぇごめんねぇ」

「あと、お祓いがあるって事務所に連絡来てました？」

「んん？来てたかな……ごめん、明日確認するわ」

「私今日、何も知らずに現場に行っちゃって、ちょっと大変だったんです」

「あぁ、うん」

「吹き替えをやるの、これが初めてですし、今回の仕事はちょっと、いつもより丁寧に見てもらえますか？」

「あーうん。わかった」

「もしまたメイクテストがあったら、安藤さんも来れますか？」

「うーん、日によるな」

「調整してほしくて」

「なんで？」

「いや、不安なので」

「でも今日だって一人で大丈夫だったんでしょ？」

今日何度目かわからない「大丈夫」という言葉を聞いて、キヌは強く唇を噛んだ。化粧ではなく本物の唇の皮膚を微かにちぎる。指先で触れると、そこにはなんの色もつかなかった。見つめたままのキヌの耳元には、安藤の沈黙の裏にあるざわめきがはっきり聞こえている。群衆でも引き連れているかのように煩《うるさ》い、人間たちのざわめき。彼は今どこにいるのだろう。

「今日はなんとかなりましたけど、次どうかわからないですし、もしまた何か追加になると怖いなって」

「ん？何が？」

「たぶん私一人だと、向こうも色々お願いしやすい状況になっちゃうというか、なっちゃってるというか……今後そういう、なぁなぁっていうと言い方があれですけど、雑に話が進んじゃうのを防ぎたいので」

「……ん？」

「あれもお願いこれもお願いってなってくと、それは困るなって」

「あぁ、舐められたくないってこと？」

キヌの顎は力んで、甘噛みは噛みつきに変わる。プチンと破けた薄皮から赤い血がぷくりと溢れた。彼女はそれを指先で確認したりせず、舐めとることもせず、そのままにして大きく息を吸う。先ほどよりも強くなった眼差しで正面に置かれた電源の入っていないテレビを見つめながら、高い声色で返事をした。

「違いますよ」

「じゃあ何？」

「例えば『飛び蹴りできますか？』って聞かれて『できません』って答えても『大丈夫』って言われちゃうんです私一人だと。だから、安藤さんからも『できません』って言ってほしい、そのために、現場に、来てもらいたいと、思いました」

「え、飛び蹴りとかあるの？」

「例えば、と私は言いました」

「あぁ、たとえ話かぁ」

「たとえ話です」

「うん、オッケー。できるだけ調整するようにするわ」

「次の」

「次のスケジュールも来たら送るから」

「お祓い」

「お祓いとかも、確認しておきます〜オッケー？オッケーかな？うん。じゃあ、お疲れ様でーすー」

一方的に切られた電話を持ったまま固まっているキヌは何か迷っているようだった。テレビから視線を逸らさず、歯茎を見せるように下唇を引き下げる。口角の下がりきった顔のまま、スーハーと音がするほど大きく呼吸をした後に、キヌは消え入りそうな声で「死ね」と呟いた。「死ね、ばか死ね」。誰にも聞こえないように気を遣っているのがわかる。「とかは言わない方がいい。わかってます」。自分の部屋で、ここには誰もいないのに。一体何に対して遠慮しているんだろう。今日、仕事場でたくさん我慢したのだから、電話口でも我慢したのだから、せめて自分の部屋でくらい、もっと正直になっても良いはずだ。それでもキヌは、この行為によっぽどの罪悪感があるようで、身を切るように「死ね」と「だめ」を呟き続ける。見つめ続けるテレビ画面には顔を歪《ゆが》めたキヌの姿が映っていて、目が合った気がした。目が、合った気がした？　誰が。キヌと誰の目が合ったの。何故そんなことを感じるの。感じるってキヌが？　違う。この感じるは、キヌの感じるじゃない。気づけば、繰り返されていた呪いの言葉は止んでいる。一切の表情を失ったキヌがテレビ画面に映っていて、瞬間、異様に大きな声が部屋に響いた。

「あー、あ、歯磨こ」

なぜかそう宣言してから、キヌは立ち上がり浴室へ向かう。トイレと一緒になったその部屋の扉を開けると、正面には鏡があって、またキヌと目が合った気がする。それってつまり、目があるということで、感じることができているということ。

「あ」

口も、声もある。それを動かす意志もある。片足を浴室へ踏み入れたまま立ち止まったキヌは、引き攣った表情のままシーシー息をして、床に水溜りができた。キヌは失禁していた。

鏡に向けられた視線は打ち込まれた釘のように静止していて、キヌの背後の空間を捉える。そこにあるのは、分けることのできない煙のように、闇雲に漂う群れだった。キヌの輝く眼差しが群れに突然差し込んで、型抜きしたみたいに形が生まれる。輪郭が存在を包む。キヌが、存在を見つめている。そこはここになって、だからようやく、私は私と名乗ることができる。

「私、見えてる？」

両手を動かしてみると、鏡に映った半透明が揺れる。汚れのように見えていたクモリは汚れなんかじゃなく私だった。あれが、私の目。あれが、私の口、首。それらが鏡に映らない、私の思考に連動して動く。心まであるの。すごい。私がここにいる。

「見えてるよね？」

呼びかけても返事はない。まっすぐ私を見てくれて、私を私にしてくれたのに、キヌは石のように固まったままおしっこでできた水溜りに左足を浸し続けている。透けてる下半身に指示を出して少しキヌに近づいてみれば、自分に迫る存在にキヌは怯えて足元に波紋が広がった。やっぱり見えている。

「見えてるんだ？」

「ごめんなさい」

「え？」

「お祓いに行かなくてごめんなさい！ごめんなさい！お祓いに行かなくてごめんなさい！」

つんざくような音量で繰り返される謝罪は、透明な私の身体をすり抜けて床に落ちる。別にそんなこといいよ。全然気にしてないよ。どうしてそんなに謝るの？　鏡に映る私は半透明で、部屋の奥にある黄色いカーテン色になっていた。にぎやかな色味に長く重たい髪がかかっている姿は、紛れもなく幽霊だ。あーやっぱり。幽霊って実際こういう見た目なのね。自分の姿ながら、その古典的なビジュアルに圧倒される。こりゃ怖いわ。説明できないもんこんな透けてる身体なんて。でもさ、ちゃんと見てよほら。今私笑っているよ。恨めしい顔なんてしてないよ。キヌが少しでも安心できるように優しい顔を作って、床から勝手に浮いてしまう両足をどうにか抑え込んでるの。

「ねえ、それよりさ」

「ごめんなさいお祓いに行かなくてごめんなさいお祓いに行かなくてごめんなさいそんなつもりじゃなかったんです」

「知ってるよ」

「ごめんなさいお祓いに行かなくてごめんなさいお祓いに行かなくてごめんなさいお祓いに行かなくてごめんなさい」

　両手を合わせながら、キヌはきつく目を瞑ってそう繰り返す。天に向けられるごめんなさいは私が見えたから生まれたものなんだろうけど、私に向かって捧げられる言葉とは思えなかった。今キヌは、私を見ていない。せっかく見てくれたのに。私はこんなに見ているのに。幽霊ってそんな、無条件に怖いですか？　私を捉えたのは紛れもなくキヌなのに。ちょっと憤りを感じるけれど、仕方ない。これはどうしようもないことなんだって、不思議なくらい腑に落ちていた。だって何度も見てきたから。「あ、幽霊」って、存在に気づいた瞬間、見開かれる目も、合わせせられる手も、身を守るように逆立つ産毛も、漂う群れの中からいつも見ていた。だからわかっちゃいたんだけど、実際自分が体験するとびっくりするほど寂しいですね。皆さんもそうだったんですか？と尋ねるように背後を見ても、あるのはキヌの部屋だけで、群れなんて見つからなかった。そこでようやく、私はたった一人になったんだと気づく。これが存在かぁと思うと、感動で透明な身体は波打った。それを、祝福する者はいないけど。もしも私の髪が洗い立てみたいにサラサラで、おでこにたんこぶがなかったら。頰に浮かぶ切り傷がなかったら。私の手が、もっとふっくら美しかったら。キヌは、私を祝福してくれただろうか。どんな姿形を持っていたら、怖がらないでくれる？　私を、ちゃんと見てくれる？

「ねえ、話そうよ」

謝り続けるキヌの口から「ごめんなさい」が止まる。俯いて立ち尽くすキヌの姿は私と似ていて、鏡の中に幽霊が二人いるみたいだった。スッと顔を上げたキヌの目はもう鏡を見ていない。お風呂の壁を睨みつけながら浴槽に足を踏み入れ、その場でズボンと下着を脱ぐ。お湯を出して下半身にかけながら、汚れた衣類を踏んづける。立ち昇っていく湯気が鏡を曇らせて、自分の姿が見えなくなった。もしかして、このままさっきまでいたモヤの中に引き戻されてしまうんじゃないかと怖くなる。存在を手放したくない。ひとりぼっちは寂しいけれど、何もないより全然マシだ。私はもっとここにいたいし、キヌと二人になってみたい。そして話をしてみたい。だって、キヌが私を見た瞬間。私に輪郭を授けたあの眼差しは、確かに光のようだったから。もう一度見たいの。そして祝福されたいの。お祝いされる幽霊なんて見たことないけど、幽霊の役をやるあなたなら。そして私なら。友達になれるかもしれないじゃないって考えるのは、あまりに生まれたてすぎるだろうか。

湯気から逃げるために、急いで浴室から離れ窓辺に立った。意識のある私はまだ私のままここにいる？　閉じられたカーテンと窓の間に身体を入れると、真っ黒いガラスに自分の姿が映った。よかった。まだ私には輪郭がある。至近距離で笑顔を見つめると、その姿の恐ろしさがわかった。「幽霊でございい！」って名乗るみたいな傷跡が、そこかしこにある。こんなに怪我してるのにニコニコ笑顔なんて変か。そういう意味でも怖くなっちゃってるか。じゃあこの姿に対して相応《ふさわ》しい居方《いかた》ってなんだろう。痛い時って人は泣く。悲しい時も人は泣く。向こうで水の音が途絶えたのを合図に、私はカーテンから滑り出て、床に座り込んで泣き声を上げた。

「うぅ……うぅぅ……」

浴室から出てきたキヌが、その場で立ち止まったのがわかる。泣きながら少し様子を窺うと、さっきまでとはまた別の恐怖を感じているようで、むき出しの下半身をそのままに目を泳がせていた。泣いてるのもダメなの？これでも怖い？

「私怖くないよ」

できるだけまぁるい声で呼びかけても、彼女の緊張は解けなかった。

「ほんとだよ。怖くないよ。何もしないよ」

声をかけ続けるうちに、キヌは歩き出す。迷いなく炬燵に入って台本を開く。私がここにいることを、受け入れてくれるってことだろうか。ゆっくり近づいてみるとまたびくりと肩が震えて、全然私を怖がっているんだとわかった。

「服着たら？」

肘をつこうと折り曲げられたキヌの右腕は、まっすぐ天板の上に着地して、寒いはずなのに服を着ようとしない。背後に立つ私の存在をしっかり警戒しながら、朝まで炬燵で台本を読み続けた。

シーン23　村長の家

孝、由美、英恵《はなえ》、勇太郎、村長の妻ミツが部屋に集まっている。

ミツ　水を、飲んだんやな。
孝　はい……
ミツ　飲んだらあかん言うたよな。
勇太郎　智樹は、智樹はどこに行っちゃったんですか!?なんなんですかこの村！

ミツ　菊んとこ行ってしまったんやろなぁ。
孝　菊？
英恵　それって私が見たあの……
ミツ　（頷く）

＊＊＊

ミツN　昔この辺りに、菊という女が住んでたんや。名家の生まれやったけど器量の悪い娘でな。女らしくないのっぽで、顔もまぁ仏頂面で、嫁の貰い手なんかさっぱり決まらんかったらしい。

背中を丸めた菊が、実家の掃除をしている。通りかかる子どもたちが菊に石を投げるなどするが、菊は黙って掃除を続ける。

ミツN　菊が二十歳を過ぎた時、ついに縁談が舞い込んだ。近所に住む清《きよし》いう男で、これがまぁ遊び人でな。三十越えても家の金使い込むような酷い男やった。せやから清の両親は、灸を据える意味でこの結婚を決めたんや。当然清は面白くなくてな。でも、菊の家は金持ちやったから、渋々夫婦になったんや。

祝言を挙げる菊と清。清の表情は暗いが、菊はどことなく嬉しそう。
二人の生活（点描）

＊＊＊

ご飯を作る菊

＊＊＊

布団を干す菊

＊＊＊

つまらなそうに酒を飲む清

＊＊＊

ミツN　長くは続かんかった。清はすぐ遊び始めてな。菊に金を用意させては外で女と遊ぶようになったんや。少しして、愛人を妊娠させてしまったらしい。清は愛人の方が好きやったから、責任取るいうて家に住まわせたんやと。そんでな、菊を追い出そうとするんや。やれ家が汚いだの、愛人の飯だけ少ないだの不味《まず》いだの、終《しま》いには赤ちゃん殺そうとしてる言い出してな。こんな危ない奴は家の中に置いとけんいうて、離れに閉じ込めてしまうんや。

清に泣きつく愛人と、菊を怒鳴りつける清。菊は頭を下げるが、清は茶碗などを菊に投げつける。

離れへと引き摺られていく菊。暗い部屋の中へ放り込まれ、許しをこうも聞き入れてもらえない。外側から施錠される。

ミツN　最初のうちは、愛人から朝晩食事が届いたんやけどな。だんだんその回数も減ってってって。助けを求めても誰にも届かん。それどころかうるさい言うて殴られる始末やった。痩せ細った菊は窓を無理やり通って庭に出たんや。ほんでな、すぐそこに見える井戸に向かう。喉が渇いてたんやな。それを見かけた愛人がな……

真夜中にふらふらと井戸へ向かう菊。母屋の縁側から、愛人がその姿を見つける。井戸から水を汲もうと力を振り絞る菊。やっとの思いで汲み上げるも、その井戸は枯れ井戸だった。絶望する菊に、愛人が忍び寄り、背後から押す。菊は井戸の中へ落ちていく。

＊＊＊

ミツ　菊の死は事故死いうことで片付けられてな。清と愛人はこれで一緒になれるいうて喜んだんやけど、まぁ、ただでは済まんわなぁ。
孝　……何が…………起きたんですか…………？
ミツ　みんな死んだ。井戸に落ちて。
一同　………
ミツ　それからや。夜に水飲んだらあかん。喉が渇いた菊が来てまういう言い伝えができたんは。井戸の水もな、絶対に涸らしたらあかんねん。いつでも菊が水飲めるようにしとかんとな。
　絶句する一同。ミツの口元は僅かに笑っているように見える。

台本に突っ伏したまま眠るキヌの口元から涎《よだれ》が垂れて「菊」の字を滲ませている。黄色いカーテンが昼過ぎの柔らかい光を手招いて、部屋の中は安らかな午後の空気でいっぱいだった。私は光の下でも私のままで、黒いテレビ画面に映っている自分の姿にホッとした。キヌは朝まで台本を読んで時折ぶるぶる震えていたけど、私にはこの物語の何が怖いのか全然わからない。幽霊だからだろうか。それとも、キヌは物語が怖いんじゃなくて私が怖くて震えていたの？　続きが気になる。井戸の水を飲んでしまった智樹が菊に連れ去られて、まぁきっと死んでるんだろうけど、他のみんなはどうするんだろう。私ならすぐに帰るけど、台本の左半分にはまだまだ厚みがあった。この厚みの分だけみんな怖い思いをするはずで、なんでわざわざそんなことするんだろう。怖いことなんて、求めなくてもあちらからやってくるのに。続きを読もうにも、上に乗ったキヌの頭を動かすことはできないし、彼女が目覚めてもう一度読み始めるのを待つしかない。ここは静かで、暖かくて、眠気なんて感じないはずなのに瞼《まぶた》が重くなるようだった。私も意識を手放して、キヌの隣で少し眠ってみたくなる。目を閉じて暗くなった視界の中に潜っても、意識を失うことはできなかった。成仏ってもしかして、幽霊の姿で眠りにつくことなのかもしれない。って言うと、私は今成仏できていないってことになるけどそうなの？じゃあ昨日までの、輪郭がない状態は成仏だったの？もしそうなら、どうして存在に戻ってきたんだろう。なんで私は、キヌと目が合ったんだろう。相談できるのはキヌだけで、そういう意味でも早く目を覚ましてほしい。でも今は、一度一緒に眠ってみたくて、意味はないけど瞼を下ろす。透明な身体は意識を決して手放さない。

だから私は、日差しが暖かいと思ってみる。スヤァスヤァと繰り返してみる。意識が遠のいてきた、と言い聞かせる。手作りのまどろみに包まれていると、それを引き剝がすようにリンリンリンと音が鳴った。キヌの目覚ましだ。

目を閉じたまま音を止めたキヌは、一向に瞼を開かない。でも、薄い皮膚の向こう側がわずかに動いている。迷っているんだとすぐにわかった。私が存在するんじゃないかと恐れている。どうしたら私は、一番怖がらせずにキヌともう一度出会えるんだろう。一回隠れる？でもそれで安心したところにまた現れたら結局怖がられてしまう。ならむしろ、目を開けた瞬間視界に入る？でもそれで「ぎゃー」とか言われたらちょっと悲しいかも。迷った私は、目を開ける前に存在を知らせてあげることにした。

「おはよう、キヌ」

キヌの眉間に皮膚が集まる。わずかに動いた腕のせいで、下敷きになっている台本に皺ができた。

「ごめんね驚かせて」

返事はない。目も開かない。

「起きてるでしょ？騙されないよ〜」

もしかしたらこのくらい馴れ馴れしくいった方がいいのかも。だって実際、私は一晩キヌの部屋で過ごしたんだし、もう出会い頭の私たちじゃない。陽気な幽霊だったら、キヌも少しは心を開いてくれるかもと期待を込めて、冗談でも言ってみますか。

「朝が来たので、水を飲めます……キヌ？ごめんごめん、別に夜も水飲んで平気だよ。ねぇねぇ、早く起きないと、もうお昼だよ。今日休み？」

いくら話しかけても返事はなかった。その代わりにキヌは、ゆっくり頭を持ち上げて目を開ける。どこを見ているのかわからないけれど、ただ一点だけを見つめる眼差しのまま立ち上がった。何も着ていない下半身が真っ昼間の部屋の中に現れるのが面白くて笑い声を上げると、ノロノロとタンスに向かっていき下着を穿《は》く。ベッドの上に置かれていたズボンも穿く。

「冷えたんじゃない？大丈夫？」

私の心配を完璧に無視しながら、びしょびしょの床を踏まないように大股でトイレに入っていった。ん？聞こえてない？さっき私の「おはよう」で眉間に皺が刻まれたのは、聞こえている反応だと思ったけど。頑なに一点を見続けているのは私が見えている証拠のはず。なのにこんなに無視されるのはもしかして、私の声は別の聞こえ方をしているんだろうか。

「おはよう」と言ったつもりでも、キヌに聞こえているのは「ゔぉゔぁゔぉ」だとしたら、会話になるわけない。こればっかりはわからない。意味不明な言葉を喋る幽霊と、物言わぬ幽霊だったら、どっちの方が怖いんだろう。

「おしっこ片付けなよ〜」

ドアの向こうに声をかけても、チョロチョロとおしっこが落ちていく音しか聞こえてこない。

「キヌ〜ちゃんと片付けなよ〜」
ガラガラ紙を引く音の後に、大きく水の流れる音。便座の蓋を強く閉める音もする。こんなに沢山音があるのに、返事と感じるものは一つもなかった。私の声をかき消すみたいにうがいの音が聞こえてくる。わかったよ。一回我慢する。でも、私は、早くキヌと話してみたい。出来ることなら仲良くなりたい。たまたま隣の席になった子と親友になっていくみたいに、たまたま私を見つめてしまったあなたと、秘密の親友になれたらいいなと思っているよ。台本に書かれている幽霊と人間の関係とは、かなり違うけれど。キヌも私も映画には出ないんだから。扉が開くのを待っても待ってもキヌは出てこないから、私は一度ベランダに出て、久しぶりに生の太陽を身体に通した。暖かさも寒さも感じない透明の皮膚だけど、光の気持ち良さは感じる。キヌが私を貫いた時の、あの光には全然全然敵わないけど。

キヌは喫茶店でアルバイトをしている。家から電車で少し行ったところにある小ぶりな可愛いお店で週に四回。コーヒーを淹れたり、注文を取ったり、忙《せわ》しなく動き続ける。私はいつもついていって、空いている席に腰掛けてみたり、キヌの真似をしてキッチンに立ってみたりした。わかったのは、私はキヌ以外には全く見えていないってこと。私の存在はキヌ以外の誰にも影響を与えなくて、平然とした喫茶店の中キヌだけが、驚いた顔をしたり怖がったり。それもすぐに終わる。数日経つと慣れたようで、キヌは淡々と私を無視するだけになった。喫茶店には十数人も人がいるのに、誰にも影響しないなんて。賑やかな日ほど、自分の存在の静けさが寂しい。どうにもできない透けた身体が、もしあと少しでも濁っていたら。誰かに見てもらえるだろうか。私が悪戯にコーヒーカップを割ったりしたら、流石にみんな見てくれる？それとも、不審な物音でも立ててみようか。こうやって、幽霊は悪霊になっていくのかもしれない。それってなんだか本末転倒。怖がられたくないんだから、恐怖で興味を惹きつけちゃったらダメなのだ。あぁだけど、このどうしようもない寂しさはいつまで続いて、波紋の生まれない私の存在は、どうなっていくんだろう。どうしたらいいんだろう。時々、無視を貫くキヌの薄くて角張った肩が不自然に持ちあがった。視線が吸い寄せられるように地面を見つめた。そういう、キヌに心労がかかった瞬間だけが私のよすがになってしまって、罪悪感に飲み込まれそうになる。

「キヌ」

呼びかけても規則的な寝息が繰り返されるだけだった。私たちが出会ってからもうすぐ一週間で、その分だけキヌのことを知ってきたつもりだ。大抵のことはテキパキこなせること、だから同僚のおばさんたちに頼りにされていること、それを煙たく思っていること。恋人はいなくて、友達はそこまで多くない。静かな毎日の中で淡々と、ギザギザにされた爪を整えていくあなたを偉いと思う。結局、安藤からの連絡はない。たった一人この部屋で、事情を嚥下《えんげ》し続けるキヌは偉い。働きに出てから家に帰ってくるまでに、あなたの掌に何度も爪の跡がついていることを私は知っているよ。知っているって知ってほしい。私は味方だってわかってほしい。

「キヌ、今日も偉かったね」

触れることのできない手では、捲《めく》れた布団を直すこともできない。幽霊なんだし念とかで動かせないかなと思ったけれど、どれだけ布団を見つめていてもそれは微動だにしなかった。なんなの幽霊って。キヌはここ数日毎日怖い映画を見てから寝ている。勉強のためなのか、時々メモをとりながら。そこに出てくる、たぶん私の同類たちはみんな特別な力を持っていて、誰かを酷い目に遭わせる。呪ったり、動けなくしたり怪我させたり、殺したり。そして、揃いも揃ってみんな女だった。私も女で、幽霊で、じゃああんなこともこんなこともできちゃうんだろうか。布団はかけられないし、キヌが閉め忘れた家の鍵を閉めることも、あとちょっとで手が届くリモコンを渡してあげることだってできない私だけど、恐ろしいことなら。あの幽霊とかその幽霊みたいに、できたりするの？

「もし、もし私が」

こわいきもちをすごいちからにしたら。

「安藤を」

こわいきもちをすごいちからにしてこわいことしたら。

「ちょっと、その」

こわいきもちをすごいちからにしてこわいことしたらすごい？

「なんでもない、おやすみ」

こわいきもちをすごいちからにしてこわいことしたらすごいこわいね。

ギリギリまで切られた爪が皮膚からはみ出て白くなった頃、キヌはいつもよりお洒落な赤い毛糸のワンピースを着て夕方家を出ていった。この時間からってことはアルバイトではないだろう。じゃあもしかして、友達に会うの？　キヌの友達に会ったことはない。どんな子だろう。私はどうせキヌにしか見えないけれど、それでも身なりには気をつけたかった。どうすることもできない長い髪を必死に後ろに持っていって顔を見やすくしてみたり、取れないってわかっているボロボロのワンピースについたシミを擦ってみたり。できることなら、部屋にかけてある真っ赤なダッフルコートを着て冬に馴染みたい。まぁでもできないから、結局剝き出しの顔だけ引っ提げてキヌの気配を探った。遠い。私は一人で街を浮いて回る。寒そうに首を短くしながら歩き回る人間が羨ましくて、真似して首を肩に埋める。そうして手に息を吹きかけてみる。息なんてない。中から何かが出てくることはない。だから、私の周りの空気はずっと透明なままだった。電車を乗り継いでふわふわたどり着いたヨーロッパ風の飲み屋、そのガラス越しにキヌと、美しい女性の姿が見えた。熱心に何かを話し合っている。今すぐキヌの前に立って、私の存在によって起きる肩の揺れを見たい。その後徹底的に無視を決め込む瞳も見たい。でもキヌは、久しぶりに私の不在を満喫しているから。視界に入らないよう天井からキヌの背後に降り立った。

「え、で結局安藤から連絡ないの？」

「ないよ。ミドリ連絡取ってる？最近」

「全然。先週オーディションあってその前日確認はあったけど、あれほぼ機械じゃん」

「確かに」

ミドリ、と呼ばれる美しい人は、キヌと同じ事務所に所属しているモデルで、肌が内側から輝いているような人だった。それは今ここにいるキヌも同じで、矢継ぎ早に言葉を発し喋り続ける姿はなんだか、身体の中に幾つかの命を抱えているみたいな煌めきがある。

「大丈夫なの？その現場。普通に怖くない？」

「めっちゃ怖いよ。しかもさ、台本読んだの。そしたら、そのホラーの真ん中になるさ、怖いことが起きるきっかけ、なんだと思う？」

「何それどういう意味？」

「なんかこう、こうすると死ぬ！みたいな」

「えーわかんない、なに」

「水を飲んだら、死にます」

「あははははは！マジで言ってんの⁉」

私もミドリと同じタイミングで笑う。内緒話をしているみたいな二人を真似て、誰に気兼ねする必要もないのに声を抑えながら身体を震わせた。やっぱり変だよね、あれ。あーあ。私も一緒に笑いたいのに。ここ変だよとか言いながら、二人で台本を捲ってみたい。

「ほんとにさー。まぁ私は影武者なので。出る人どういう気持ちなんだろう」

「うちらがダサい服着せられてる時と同じじゃない？いつなの？撮影」

「来週だって。しかもなんか、福井？の山奥らしい」

「うわー。それ絶対安藤来ないよ」

「だよね？もう本当やだ。誰かマネージャーのふりしてついてきてほしいわ」

はい！私やろうか？全然やるよどうせ行くし。まぁでも結局、キヌ以外には見えないから意味ないけど。でも、意味はなくても私がいることで、キヌがちょっと安心してくれたらいいのに。

「何日間？」

「二日だったかなぁ。マジで何したらいいんだろう」

「てか普通にさ、山奥に知らない人と行くってことが怖くない？ホテルとか選べないし」

「いやほんとそれ。てかさ……マジで引かないでほしいんだけど」

「なに？」

キョロキョロ辺りを見回すキヌに焦って、天井に潜った。抜け出たのは何屋さんなのかわからない暗い店の床。やけに甘い匂いが染み込んだ木の板の上をスルスル移動して、この辺りが真上かなってところにうずくまる。

「なんか見えんだよね最近」

「え？」

「前回のメイクテスト終わってさ、安藤との電話終わってキレてたら、いて」

「……マジ？」

「うん」

「え、今は？大丈夫なの？」

「ここ一週間くらいどこ行ってもいたんだけど、なんか今はいない」

「えぇー！」

薄暗い部屋の中にふかふかの椅子がいくつも置かれている。そこに座る人々はみんな一様に、ぶくぶく何かを吸い込んで吐く。風に乗ってこちらにくる煙に包まれて私は今、自分の存在が不安。

「超〜怖いほんとに」

「やばすぎんだけど」

「怖いけどさ、なんか、怖がってるってバレたらもっとやばそうじゃん」

「それありそう。見えてるってバレるとまずい感じね」

「それそれ！」

紙煙草とも線香とも違う、初めて嗅ぐ匂いの煙だった。水の入った壺から生えた長い筒。その先端を咥《くわ》えて人間は息を吸う。口を開くと煙が噴き出す。モクモクの中で人間たちは、気持ちよさそうな顔をしている。ここに、今にも煙に飲み込まれてしまいそうな幽霊がいることも知らずに。私のことが怖いのに、みんなとっても恐れているのに、私がここにいることを知らない。

「なんか心当たりあるの？普通にホラー出るとそうなるんならやばすぎない？」

「いやこれも安藤。安藤のミスで、私お祓い行けなかったの」

「マジかよクソじゃん」

「てかお祓いがあるなんて知らないじゃん。ないじゃんモデルは」

「ないね」

「現場行ったら『お祓いいなかったね』ってメイクさんに言われて、で、その夜、これ」

これ、が何か気になって床に顔を押し込む。すると視界に映ったのは、ミドリに向かって両方の手の甲をぶらんと見せるキヌの姿だった。ねぇ私、そんなこと一度もしてないじゃん。ずっと、キヌと同じように立ったり座ったりしてたじゃない。一週間も私のことを見ていたはずなのに、それでもやっぱり、あなたの頭の中にいる幽霊の方が強いのね。

「ちょっと、行けばお祓い。個人的に」

「いやでも金ないし」

「あー」

「え、ほんとどうしよ」

「うーん。でもさ、今のところ、特に実害はないんでしょ？ビビるってだけで」

「いやマジでビビるよ、家にもバイト先にも幽霊来るの」

「まぁね。でもさ、もしかしたら見たいだけかもよ」

「そんなことある？」

「わかんないけど、人間も心霊スポットとかわざわざ行くじゃん。それと同じかもよ？それに悪い奴なら、もうしてるって悪いこと」

どうしてキヌはミドリじゃないんだろう。それとも、当事者ってみんなキヌみたいになるのかな。知らないから優しくいられるだけで、ミドリもいざ目の前に私が現れたら失禁して無視するのかもしれない。ピンク色のライトを通過して、私にたどり着く煙の色はうっすらとピンク。それが私を通過しても、どうせ色は変わらないままなんだろう。逃げるように部屋の向こう側へ移動すると、今度は緑色のライトを通過した煙が私に迫ってくる。薄暗い水煙草屋はそこら中に違う色の間接照明が置かれていて、悪い夢でも見ているみたい。どうせなら副流煙じゃなく自分の意思で飛んじゃいたくて、やけに頭の大きい男が握ったままにしているホースの先端を咥えた。触れ合うのは自分の上唇と下唇で、悔しいから厚みの分だけ口を開く。そこで、思い切り息を吸っても、透明な身体は曇らない。ホースと繋がる瓶の中、溜まった水は沈黙を続けるだけだった。ここにこんなに意識があって、我は思う。思っている。それだけで本当に、我ありってことになるんだろうか。私の輪郭は、本当にここにある？空っぽだとしても、この縁《ふち》は本当に私ですか？

「なんかやらかされた方がまだ怖くないみたいなとこあるよ」

耳は勝手にキヌの声を拾う。生きる、って動詞は、私に不適切だけど。生きるため、のようなもの。だってこんなに、あなたしかいない。

「え、何してんの？その幽霊は」

「うーん何も。ただいる」

この世で唯一キヌにだけ。彼女の水面にだけは、さざなみを起こすことができる。彼女の心に広がる波紋は私の存在の証。トワントワンと円を描くその振動を、もっと。楕円も四角も三角も、存在以上の震えをそこに。なんて望むのは強欲ですか。私が、幽霊が望んでいいのは、どこまでですか。存在だけで十分だろうと内から聞こえるこの声は、一体誰のものだろう。

キヌより先に、家に戻った。「ただいる」と言った時の彼女が、どんな顔をしていたのかはわからない。呆れていたかもしれないし、涙ぐんでいたかもしれない。でも「いる」ってその二文字は、私を肯定しているようだったから。寂しさも悲しみも、いつでもほどけるなみ縫いの内側にあるけれど、糸にはキヌのまなざしが、祝福の兆しみたいな光が混ざっていて、だからあなたのそばにいたい。電気が点いて、キヌが帰ってきた。床に座ったまま玄関を見れば、キヌは不自然に靴を脱ぎ続けながらそっとこちらを窺う。手なんて使わず脱げるそのスニーカーを、わざわざ靴紐ほどいて脱ぐこと。それは、私のせいだ。絶対に絶対に、私の存在のせいなのだ。

「ごめんね」

もちろん返事はない。聞こえていなくても構わなかった。ただ、謝りたかった。ここにいてごめんね。そばにいたがってごめんね。友達になりたがってごめんね。あなたの動揺とか不安とかで、私こんなにホッとしてごめんね。横を素通りしたキヌが真っ黒の分厚いコートを脱げば、燃えるような赤い毛糸が彼女を輝かせる。

「たぶん、全部終わったら勝手に消えると思うから」

映画の撮影が終わったら、私は勝手に消える。なんとなく、そういう仕組みなんじゃないかって予感がしていた。

「だから、ごめんね」

キヌはコートをハンガーにかけて、ソファに座る。座面に温もりがないことを確認するように、お尻の下に手を敷いて。彼女はずっと私を見ないままだけど、目が合わないよう背けられた顔が、私を通過しない視線だけが、私にとっては存在の担保だった。


小ぶりなスーツケースを引きずって、キヌは今日福井に向かう。時刻はまだ朝の五時で外は暗闇だった。全ての窓に鍵をかけたかを何度も確認してから家を出たキヌの、三歩後ろを私も浮き進む。まだほとんど人の乗っていない電車を乗り継いで四時間半。空が白むにつれて、窓の向こうの建物たちは姿を消した。台本に書かれているような「井戸のある離れ」が存在しそうな山奥へどんどん近づいていく。キヌは眠ったり、携帯を見たり、台本を開いたりしながら、時々私に目を向ける。目が合わないように気をつけながら、裾を引きずってないか確認するみたいに私の端っこを見る。その瞳にはなんの温度も感じないけれど、一応私がついてきているかを確認してくれているようだ。撮影が不安なだけだろうけど、でもやっぱりちょっとだけ胸が躍る。私の存在がキヌにとって「ただの幽霊」ではなく「なにかしらの存在」に変化しているように感じたから。

「キヌさん、お疲れ様ですー」

福井県の小さな駅に到着すると、メイクテストの日にみんなに睨まれていたみっちゃんがキヌを出迎えた。全身黒の服に身を包み、あの時より数キロ痩せたように見える彼女は顔に笑みを貼り付けてキヌを車に案内する。

「遠かったですよね」

「ですね」

「すいません本当こんな山奥で」

「いや全然。撮影は夜からなんですよね？」

「そうです。順調ですよ。とりあえず着替えてもらって、状況整ったら移動して色々段取りを確認させてもらえればと」

「わかりました〜」

僅かにあった建物が見えなくなり、車は本格的に山の中へ入っていった。幽霊の私も少し怖くなるような自然の迫力と、窓越しでもわかる外の寒さをキヌはどう思っているんだろう。二月の空気はどこでだって寒いけど、ここではもっと特別な寒さを纏《まと》っているように見えた。この中でキヌは何をさせられるんだろう。キヌも私と同じことを考えているのか、下唇を噛みながら外を見つめていた。

到着したのは山の中にポツンとある宿泊施設で、ここがみんなの支度場所兼滞在場所らしかった。どこもかしこも黒い服を着た人間しかおらず、一般の宿泊客はいない。すれ違う関係者たちに「おはようございます」と挨拶をしながら歩くキヌに言葉を返す者は少なかった。部屋に入ると中曽根と菅野が待ち構えていて、一息つく間も無く着替えのために仕切られた部屋の隅へと押し込まれる。私はキヌを隠すための壁のようなパネルの前で、支度が終わるのを待った。

「よろしくお願いします」

ガサゴソと服を脱ぐ音がする。キヌはたった今着いたばかりなのに、壁の向こうは既に重たい空気が充満していて、吐息と一緒に苛立ちを吐き出す菅野の不遜な態度が気になった。メイクテストの時からそうだけど、彼女はどうしてこんなに高圧的なんだろう。私が見逃していただけで、キヌが何か悪いことをしたんだろうか。

「あの、一応ヌーブラとチューブトップのブラと、あとニップレス持ってきてるんですけどどれがいいですかね？」

「あぁ。チューブトップこっちで用意しておいたから、これ着て」

「ありがとうございます」

「じゃあ鏡のほう向いて」

シュルシュル紐が巻かれる音がする。キヌは今、身体がふらつかないよう必死に立っているんだろう。数分立って壁が動くと、中から出てきたのは衣装合わせの時とは程遠い、ボロボロの破け切った着物を着たキヌの姿だった。

「かなり時間かかると思うから、ごめんねえ」

中曽根にそう言われて、キヌは慌てて台本と携帯を手に取る。案内された鏡前に座り、別れを惜しむように真っ白な自分の顔を見つめてから、自分が出演するシーンを開いた。

シーン50　母屋　庭（孝の夢）

孝　どうしたら……どうしたらいいんだ………

孝、キョロキョロと辺りを見渡すも暗くて何も見えない。すると、奥の藪《やぶ》にゆらりと人影のようなものが見える。

孝　……由美？由美か？

人影の方へ近づいていく孝。手を取ろうとしたその時、突然人影が飛び出してくる。それは菊だった！

孝　うわぁー!!

腰を抜かし後退りする孝。何かにぶつかる。振り返るとそれは井戸だった。中から手が伸びてきて、孝を捕らえようとする。藪に目をやると、そちらにも菊がいる。

孝　なんで……なんで！

藪と井戸、どちらの菊をキヌがやるんだろう。そもそもこれは本当に二人も菊が必要なんだろうか。私にはさっぱりわからなかった。キヌはしばらく台本を見つめていたが、結局諦めたように机に置いた。足に目をやると、中曽根の技術によって美しいキヌの足は見るも無惨な状況になっている。つま先は真っ黒で、ところどころ血が固まったような傷跡。脛《すね》、ふくらはぎ、膝にはそれぞれ無数の痣と切り傷が描かれ、それは私の足と似ていた。思わず、中曽根に見えているんじゃないかと焦るほどだったけど、単に私が幽霊ど真ん中、量産型のビジュアルをしているだけなんだろう。床に置かれたタブレットには、菊役の一ノ瀬らしき写真が表示されていて、中曽根はそれを念入りに確認しながらメイクをしていたらしい。一体何が起きたら、こんなにボロボロになるんだろう。それはそのまま、私自身にも言えることだけど。

「あ！そうだ菊のシーン見る？この間撮ったんだよ。めっちゃ怖いよ」

中曽根はポケットからスマホを取り出して、それをキヌに見せた。画面にまず映ったのは「S20」と書かれた小さな板で、キヌは今置いたばかりの台本を捲る。

シーン20　智樹の部屋

智樹、しなだれかかる英恵の身体に触れ、キスしようとする。

智樹　なに。
英恵　だめ。
智樹　なんでよ、いいじゃん。

二人、時折笑いながら。智樹をやんわり制止しながらまんざらでもない表情の英恵。その時、部屋の明かりが一瞬かげる。二人はそれに気づいていない。智樹がいよいよ英恵に覆いかぶさろうとしたその時、閉じた襖の前にボゥっと佇む女（菊）。

智樹　は？

身体を離す智樹。

英恵　なぁに？
智樹　………うわぁー!!

智樹、腰を抜かしたまま一気に部屋の奥へ逃げる。振り返る英恵は菊の存在に気づかないまま。

英恵　智樹……?どうしたの?大丈夫?

近づく英恵。その動きは背後にいる菊の動きとリンクしている。

智樹　く、来るなぁー!!

英恵と菊、ジリジリと智樹に近づいていく。振り払おうとする智樹。英恵は錯乱する智樹を抱きしめる。が、智樹にはその姿が菊に見えていて……

智樹　うわぁー!!

智樹、英恵の腕の中から消える。困惑する英恵、人を呼びに行こうと立ち上がり、遂に菊の存在に気づく。叫び声を上げ、そのまま失神してしまう。

「やばくない⁉超怖くない⁉」

キヌの顔に塗った糊を削る手を止めて、興奮気味に中曽根は言った。キヌは、作成中の顔面に支障がないよう気をつけているのか不自然な笑顔を向ける。私は、ただ気分が悪かった。菊の姿は私と同じように傷だらけで、でも私とは全く違う歩き方をする。まるで今も傷が痛むかのように足を引き摺りながら、幽霊の代名詞のように手をぶらりと前に垂らして智樹と英恵に迫っていく。そんな幽霊いませんよ。少なくとも私は知りませんし、私ってこうじゃありませんよ。殺したくて浮いているんじゃないんです。なぜか浮いているんです、あなたがなぜかここにいるのと同じように。キヌと二人で、沢山の映画を見た。そのたびに、私はこうじゃないのになって、思って、別にあの時はそんなに気にしてなかったけど、実際に怖い映画を作っている人間が嬉々として恐怖している姿は私の輪郭を熱くする。不安定なみ縫いが、糸を重ねて半返し縫い。そこに籠る熱は怒りで、悔しさで、だからといって何もできない。キヌ、キヌはどう思ってる？怖い？怖くって最高？あなたもこれからこれをやることに、ワクワクしてたりするんですか？　結んでいない長い髪が、彼女の顔を隠していて表情が見えない。

「凄いですね！」

「でしょ？いや本当ね、本っ当に怖かったんだから！」

「凄いですね！」

「あとね、これもあるよ」

シーン38　由美の部屋（夜）

由美と英恵が部屋で眠りにつこうとしている。

英恵　だめ、私もう限界。
由美　頑張って、我慢しないと。今二時だから、あと三時間もしたら明るくなるよ。
英恵　無理だよ……だって、今日の夕食由美も食べたでしょ？
由美　わかるけど……
英恵　キムチ鍋だよ？こんな真夏に、夜で水飲めないのにキムチ鍋って、絶対おかしいじゃん！
由美　英恵、落ち着いて。
英恵　私もう、辛いし喉渇いたし死んじゃうよ！
由美　今飲んだら菊の思う壺だよ。
英恵　無理。もう無理。

その時、外から雨の音が聞こえてくる。

由美　……雨？
英恵　……雨だ！ねぇ、雨だよ！雨ならオッケーだよね？
英恵、外へ飛び出していく。
由美　英恵ダメ！危ないから待って！
英恵、庭で天に向かって大きく口を開ける。そこに雨粒が入る。
英恵　あー！天の恵みだ！
雨粒は次第に大きくなり、柄杓で撒いたような水に変わっていく。
英恵　美味しい！美味しい！
由美　ダメ、英恵飲んじゃダメ！
英恵　なんでよ、雨だよ？
息を呑む由美、口を押さえながら英恵の後ろを指差す。英恵がゆっくり振り返ると、井戸の水を宙に撒く菊の姿があった！

英恵　え……？

菊、恐ろしい笑い声を上げながら水を撒き、少しずつ英恵に躙《にじ》り寄る。英恵が部屋の中へ戻ろうと動いたその時、

菊　水を返せ！！！！！！

この世のものとは思えない動きで英恵に摑みかかり、井戸の中へ引き摺り込む。

由美　英恵ー!!

「凄くない!?怖すぎじゃない!?もうね、この日の夜みんな水飲めなかったよ！」

「あなたが怖いよ」

思わず漏れてしまった私の声に、反応する者はいない。キヌは貼り付けたような満面の笑みのまま画面を見ていた。

「変、変変変変変変変」

言いたいことは沢山あった。そもそも「水を飲んだらだめな村」なのに、夕飯に喉が渇きやすい辛いものを出してくるなんて、菊以前に村の人間たちが怖いじゃない。真夏に鍋って何？それから、菊は水を求めて死んだんだから、むしろ水をみんなにあげたいんじゃないの？どうして幽霊は、揃いも揃って嫌なやつだと思われているんだろう。私たちが存在するためには、恨みがないとだめなんだろうか。こわいきもちをすごいちからにすることだけが、幽霊の存在意義なら。じゃあなんで私は、どうして何の恨みもないキヌのそばにいられているの？

「凄いですね！」

キヌは、表情を変えないまま、さっきと全く同じ音程でそう言った。中曽根は「でしょ？」とか言いながら画面を触り続けている。

「あとこれも怖いよ」

菊　あっはっはっは！

孝　やめろ！来るな！俺は水を飲んでない！

監督の「カット」の声を合図に、ざわめきが広がる。大きな声で笑っている声。「凄いね！」「怖いね！」と喜び合う声。「何今の!?」と煽るような声。画面から飛び出すあまりにも楽しげな人間たちの声に苛立ちが止まらない。半返し縫いだった輪郭にさらに糸が足されて、あっという間に本返し縫い。それでも収まらない感情は私を縫って縫って、どんどん輪郭は太くなる。菊、なんて幽霊が実在するのか私は知らないけれど、何故この人たちが笑い合うためのおもちゃにされなければならないのか。怖いことの何がそんなに嬉しいのか。彼女が怖い幽霊としてここにいるその背景に、何故誰も手を合わせないのか、私は本当に納得できない。

「凄いですね！」

「でしょ？ほんと、遥ちゃんもノリノリでさ。叫んだ方が怖いんじゃない？とか言い出して」

「変だ、そんなの変、変だ」

「凄いですね！」

「血糊でベタベタなのに文句も言わずに色々やってくれて、本当、これぞ幽霊！って感じ」

「私はそんな幽霊じゃない会ったこともない」

「凄いですね！」

「やばいでしょ？絶対みんな怖がるよ！」

「やばくなんかない！」

大きな声を出した途端、鏡前に置いてあったペットボトルが床に落ちる。ボトン、と響いた音に中曽根は一瞬静止して、すぐさまキヌの腕を取った。

「え、え、え、やばくない？今勝手に落ちたよね？」

「ですね」

「え、やば！めっちゃ怖いんだけど！ちょっと、え？菅野さんも見ましたよね？」

「うん。落ちたね。いるね」

「やばー！どうしよう！怖い！ちょっと塩ないか制作部さんに聞いてくるね！」

私が怒ると物が動く。それは人間にとって恐怖で、私の感情が何色だとしても人間には一色になる。私は悲しくて、傷ついて、もう耐えられないから怒ったのに。声を上げたら、途端に心霊現象。だから結局、私は怖い幽霊。怖い幽霊じゃなくいるためには、怒ってはいけない。傷ついてもいけない。ただぼんやり浮いていることだけが、怖がられない唯一の方法なのだ。もし我慢できないのだとしたら覚悟を決めて、菊のような怖い存在になるしかない。気持ちを知ろうとか、考えようとか思ってもらえない、記号のような「菊」に。

「お祓いしたのに」

わざとらしいため息をつきながらそう言った菅野は、キヌのことをジロリと見た。その視線で、キヌが傷ついたのがわかる。自分を責めているのがわかる。違うのに。今、物が落ちたのはキヌのせいじゃない。キヌがお祓いに来なかったからじゃない。お前たちの娯楽のために、幽霊が食い物にされているからだ。また沸々と湧いてくる怒りで、今度はハンガーがカタカタと揺れる。私は、できる。この怒りを、こわいきもちにして、すごいちからにして、こわいことができる。異変に気づいた菅野が慌てて両手を合わせた。あはは違うよ。そういうんじゃない。そんなことをしても無駄。この怒りは形で収まるものじゃないんだよ。菊は喉が渇いて苦しんだけど、本当の苦しみってそこじゃないから。反省は井戸でなく心で示すもので、何故この女には、この映画にはそれがわからない。

「塩もらえたけど、効くかな？」

効かない。効くかな?なんて言っている間は絶対に効かないし、効かせてたまるものか。怒りでやかましかった身体は静かになっていて、今ならなんでもできると感じる。同時に、その全てに意味がないこともわかる。私は、私たちは、恐怖でしか存在を認知してもらえない。ハンガーが揺れたなら、そこに幽霊がいる。それはただの信号でしかない。何故幽霊がハンガーを揺らしてしまうのか、考える者はいない。だって、ここは私の世界じゃないから。そんなことずっとわかっていたはずだ。私は人間の世界にお邪魔している身で、この世界は私がいる前提で創られてはいない。だから私は、全て仕方ないと、思うしかないの?何も思わず感じずにいるか、恐怖されることを受け入れるしかないの？　水を持たない私は涙が出ない。でも今泣いていると感じる。人間からはそう見えないかもしれないけど泣いているの。滲まない景色の中でキヌを見つめ、涙の代わりに言葉が垂れる。

「なんでここにいるんだろう。私怖い？」

キヌは鏡を見つめたまま。ギャーギャー騒ぎ続ける中曽根に相槌を打ちながら、肌の上を走る筆先を目で追っていた。彼女もさっきの心霊現象に怯えきっているのかもしれないと思うと、また別の涙が溢れるようだった。

「怖がらせたくてやったんじゃないの。あなたを困らせたいわけでもないの。でも私、どうしたって幽霊だから、だから」

「わかります」

キヌから声が出る。その目は鏡越しだけど完全に、私を捉えている。え？

「でもおさまった感じするよね？ね？大丈夫そうじゃないこれ？」

「もうそんなに、怖くありません」

中曽根に相槌を打っているように聞こえるその言葉はでも、私に向けて発せられている。

そう考えてしまうのは、私の思い込みだろうか。そう信じたいだけだろうか。

「……私に言ってる？」

「はい」

初めての時と同じように、一枚の平面の上。私とキヌの目は合っていて、今確かに彼女は私の質問に答えた。

「え、キヌ？本当に私に言ってる？」

中曽根が筆を持ち替える一瞬の間、その隙にキヌは腰をほぐすみたいな動きで大きくこちらを振り返った。そして、腕を伸ばすように私を指す。大きく頷く。画面越しでも鏡越しでもなく、何も介さない状態で、初めてキヌと目が合った。まっすぐ堂々とぶつかり合った視線が私とキヌを繋ぎ、そのか細い糸を伝って、キヌの光が私に注がれる。

「よし！じゃあ手にいきます！あ、トイレ行っとく？」

「はい。ありがとうございます」

キヌは立ち上がって、何事もなかったかのように部屋を出ていった。私は驚きと混乱で、床に根が生えてしまったように立ち尽くしてしまう。中曽根が「よし！もうちょっと！」と気合いを入れたことでやっと我にかえり、大慌てで壁をすり抜け後を追った。廊下に出ると、少し先で私を待っている。待っている！

「ごめんお待たせ！」

「よかったです来てくれて」

人気《ひとけ》のない廊下を歩きながら、キヌは唇を動かさないよう気をつけながら言った。

「聞こえてたの？」

「私、この場所であなたと同じなのかもしれません」

「どういうこと？え、ねえ聞こえてたの？ずっと？」

「見てればわかります。ちょっとおしっこさせてくださいもう漏らしたくないので」

キヌはそう言って、個室の扉を閉めた。私はキヌの「もう漏らしたくない」って言葉が恨みなのか冗談なのかわからなくって、なんと返事をしていいのかもわからなかった。聞きたいことはたくさんある。謝りたいこともあるし、説明したいこともある。でも、とにかく、何よりも今、私は初めて恐怖以外の方法で人間と繋がることができたのだ。なんて幸せなことだろう。さっきまでの怒りとか悲しみなんて全て吹き飛んでしまうような高揚感だった。夢じゃないことを確認したくて、早くもう一度喋りたい。個室を上から覗きたい気持ちをグッと堪《こら》えてその場に気をつけしていると、水の流れる音がしてキヌがまた私の前に現れた。

「キヌ」

「はい」

「喋ってくれてるよね？今私と」

「はい。でも、ちょっと待ってください。戻らないと。あと、あの部屋では話せないですからね」

そうだった。今キヌは仕事中なのだ。きっとまた、二人きりになる時間はある。だからそれまでは大人しく、できるだけいい子にしよう。キヌに怖くないって信じてもらえるように。友達になってもらえるように。

鏡前に戻ったキヌは、せっかく綺麗に伸びた爪をまた削られて、爪の中を真っ黒にされた。足と同じような傷がいくつも描かれ、髪には油のようなものを塗られている。一時間経った頃には、私よりもキヌの方が幽霊らしい姿へと変身していた。確かにこの技術はすごい。中曽根は腕のいいヘアメイクだと、何も知らない私でも思う。でもやっぱり、この姿を見て「怖い！やばい！」とはしゃぐ姿は好きになれなかった。この姿になるためにはそれ相応の理由が必要で、全ての傷跡は暴力の証拠なのに。それが偽物だとしても、造らなければならない理由を思えば笑うことなんてできないのではないですか？

「たぶんもうすぐ移動だから、楽にして待ってて。って無理か！」

汚れた手を洗いに行く中曽根を、キヌは羨ましそうに見つめた。全身に土のような粉を塗《まぶ》された状態では、できることなどほとんどない。静かに目を閉じた彼女を、私はなんとかそっとしておく。

車に揺られて到着したのは、宿泊施設からさらに山道を登って行った先にある廃墟のような集落だった。もう何年も手を入れていないであろう家々が広い間隔で何軒か。その間に、この場所にふさわしくない大きな車やテント、照明機材がゴミゴミと置かれている。寒いとか暑いとかを感じない私にはわからないけれど、ここにいる人間たちはみんな一様にふかふかの上着を着て達磨《だるま》のように丸くなっているから、よっぽど寒いんだろう。そんな中でキヌは、さっき着せられたボロボロの着物の他には何も纏っていなかった。これではどう考えても寒いはずだ。見ればわかる。菅野は無関心を貫いていて、車を降りる時になってもキヌに上着をやることはなかった。ドアを開けた瞬間に、三人は口を揃えて「寒い」と言って、大慌てで撮影場所となる家の中へと走っていく。家の中なら少しは暖かいかと思ったけれど、開け放たれた襖や窓、そして誰も使っていない日本家屋独特の冷たさのせいで、全く温度は変わらないようだった。

「キヌさん、ありがとうございます」

「いえいえ」

人々の中でも一番暖かそうな服を着た監督が、キヌと連れ立って縁側へ出る。

「あそこの井戸と、向こうの藪から、菊が現れる感じです」

「はい」

「ちなみにあれが離れです。菊が監禁されてた」

「あぁ」

「キヌさんには井戸から出てくる方の菊をお願いします。行ってみましょうか」

二人は並んで庭に出る。私もその後ろを追った。小さな公園ほどはありそうな広い庭は東西南と藪に囲まれ、縁側のそばには物干し竿や梯子、シャベルなどの生活用品が雑多に置かれている。暮らしの気配を作ってはいるものの、実際には誰も住んでいない家だからかなんとも寂しい景色だった。西側にポツンとある井戸は撮影のために作られたものなのか不自然に苔が描かれている。

「え！」

中を覗くと、地中まで続いているはずの井戸はしっかり地面で塞がっていて、毛布まで敷いてある。知っている井戸とここにある井戸のあまりの違いに私は驚きでいっぱいなのに、キヌと監督は当たり前のように中を見つめるだけだった。

「こういうもんなんだね」

キヌにそう言っても、もちろん返事はないけれど。今はいいのだ。これは全然寂しくない。

「この井戸から完全に出ることはないと思ってください。出るとバレるんで」

「はい」

「僕のイメージでは、こう、孝が井戸にぶつかりますよね？そうするとまず手が出てきて、孝の首を摑みます。で、慌てた孝が井戸から離れる。そうすると、菊はまた捕まえようともう片方の手も伸ばして出てこようとする」

監督は自分の両手をウネウネと動かしながら説明した。キヌもそれを見て真似してみる。私も真似をしてみる。

「あ、それだと速いです。この動きが速いと出てこれちゃうので、とにかくゆっくりお願いします」

言われた通りにゆっくり動かそうとするけれど、予想以上に難しかった。速く走るよりも走っているふりの方が疲れるのと同じように、日常の動きを過剰にゆっくり行うことはきっとものすごい筋肉が必要なんだろう。

「違います。それだと何がしたいかわかんないから。あーちょっと、一回井戸入ってもらえます？」

監督の空気が変わったことに、私もキヌもすぐに気がついた。圧力を感じる。言われた通り井戸に入ったキヌは、どうにか怯えを抑えようと顔に笑みを貼り付けて、機嫌を取るようにさっきよりも少し高い声で相槌を打つ。

「まず、じゃあ右手を出してーゆっくり。で摑んだ！逃げられた！右手を伸ばす！いないですね、そしたら左手も伸ばす」

「こうですか？」

「そうそう。あ、でもまだ頭出さないで」

もっと低いところから、なんて簡単に言うけれど、あなたこの井戸入ったことある？　深さは一メートルもない。そこに座って両腕を伸ばしながらもがいたら、そりゃ頭も出てきますよ。だって見てみてよ。今キヌは筋肉が切れてしまいそうなほど腰をそらした上に、折れそうなほど首を曲げているのだ。身体に無理をさせているこの状況を監督はちっともわかっていないようで、私はまた腹が立ってくる。どうしてこうなっているのか、理由を考えてよ。理由があるんだよ。

「でゆっくり頭を出して、顔は上げずに」

顎を喉に埋め込んだまま、キヌはゆっくりお尻を浮かせて頭を出した。

「肩はまだ！」

ビクッと身体が揺れて、キヌは再び井戸に引っ込む。遠巻きに様子を見ていた数人が近寄ってきて、監督と一緒になって指導を始めた。

「頭だけ頭だけ」

「これだと顔見えちゃわない？」

「早い」

「右肩だけ出そう。で次は左肩も」

「そのまま両手地面について出てきて」

「ゆっくり！」

さっきまで寒さに凍えていたキヌは今、汗でびっしょり濡れていた。井戸の中は空気がこもるのか、苦しそうに何度も何度も息を吸っている。私はただただ、キヌの身体が心配だった。このまま死んでしまったらどうしよう。死ななくっても怪我をしてしまったらどうしよう。どう見ても苦しそうなのに、なぜ誰も止めないんだろう。もしかして、これを演技だと思っているとか？でもキヌに演技は必要ないはずだ。「できなくても大丈夫」って、言ったのはこの人たちなんだから。スゥ、と息を吸う音の後に、またスゥと聞こえる。もうしばらくハァを聞いていない。

「キヌ？」

返事がないのはこの場だから？それとも本当にできないから？

「キヌ？大丈夫？」

スゥ。スゥ。スゥ。

「キヌ！」

かろうじて身体の動きは続いている。監督たちの指示になんとか食らいついて、キヌは井戸から出ようとし続けていた。頭から、ゆっくり。どうにかしてやめさせないといけない。後で練習するにしても、一旦立ち上がって酸素を吸わせた方がいい。なんでこの人たち気づかないの？目の前にいるのに。

「ずるん！って。出てこれます？」

まだ素っ頓狂なことを言い続ける監督の目は爛々と輝いていた。この人は今、怖いものを作ることで頭がいっぱい。命を燃やした気になっている。今燃えているのは絶対絶対キヌなのに。まさに今、自分が怖いことをしていることにも気づかずに、なんておめでたいんだ。

このままでは菊と同じように井戸の中で死んでしまうかもしれない。私に今できることはなんだろう。遠くから、井戸に向かって走ってくる男が見えた。彼を使おう。私は今ここで、キヌを自分と思い込む。誰にも話を聞いてもらえず、刃物を突きつけるような空気で「できる」を強要されているのは私自身だ。少しずつ、透明が濁る。私の中に怒りが生まれて、それはすぐにこわいきもちになる。こわいきもちを、すごいちからに。通り抜ける空気が揺れる。すごいちからで、こわいことが起きる。

「いってー！」

男は井戸の数メートル手前で転倒する。私が思った通りに、足がもつれて地面に倒れ込む。キヌに指示をしていた一同は一気に視線を声の方に向けた。

「え、ちょっと大丈夫？キヌさんちょっとストップで！」

みんなが彼に駆け寄って、井戸のそばには私だけになった。倒れている男は右手から血を流していて、打ち付けた顎に塗りつけるようにさすっている。幸い、さほど大怪我にはなっていない。

「キヌ、大丈夫？やめて平気だよ」

「はぁ」

ようやく地上に戻ってきたキヌの顔は、顎に血を塗ったあの男よりずっと赤かった。肩で息をしながら冷たい空気を夢中で吸い込む姿は拷問にかけられた後のようで、命の点滅が見える。

「あんなに無理しちゃだめだよ」

「うん」

虚《うつろ》な眼差しは私ではなく、去っていった監督の背を捉えている。私はそれが悔しくて、二人の間に割って入った。きっと今、私の顔のどこかに小さな監督の背中が透けているだろう。それはそれで不愉快だけど。

「キヌさーん、一回休憩で！また声かけます！」

そう言われたキヌは、ゆっくりと立ち上がって車に戻る。ドアを開けると菅野がアシスタントらしき若い女性を怒鳴りつけていて、キヌは自分の荷物から指先だけで器用に携帯を取り出すと、そのまますぐに車を出た。車体に寄りかかって、忙しなく動き回る人々をぼんやり見つめながら耳に当てる。私もキヌの真似をして、車に寄りかかるように少し斜めに浮いてみる。

「わかったでしょう」

どこかに、キヌがゆっくり休める場所はないだろうか。というかこんなにボロボロの衣装なんだし、もう地面に座ってもいいのでは？

「あなたに話しかけてます」

え、と思い隣を見ると、私をまっすぐ見つめるキヌがいた。

「一人で喋ってると思われたらいいよいよなんで、電話してるふりをしてます」

「あ、あぁなるほど。ごめん」

キヌは正面に向き直ってから喋り始める。私のために秘密の電話をかけているようなこの仕草がたまらなくってニヤニヤを堪えられない。キヌはまだ呼吸が荒いのに。

「大丈夫？辛かったら黙っていいよ。私椅子探してこようか？」

「私のことを考えてる人なんて、ここにいないんですよ。あなたと同じでしょう」

キヌはとても静かな声でそう言った。

「私が自分で『危ない』と言うまで、誰も気づかないんです。正確には、気づいていても無視してるんですけどね。よくあるんですよ、私の仕事ではこういうことが。誰も気にかけてくれないから、自分で言うしかないでしょう。でもそうやって声を上げると、まるで私が神経質なうるさい奴みたいに扱われるんです」

遠くで、さっき私が怪我をさせた男が顔に絆創膏を貼られていた。彼に恨みがあるわけでもないのに、悪いことをしたなと胸が痛む。

「でも、自分を守らないといけないでしょう。だからうるさいと思われても言わなきゃって、思うけど、でも言ったらどうなると思います？仕事がなくなるんですよ。仕事がなくなればお金がなくなって、それはそれで自分を守れなくなります」

夕日の色を帯び始めた太陽は今、キヌに直接降り注いでいる。ボロボロの姿で光を浴びる彼女はだんだん呼吸が落ち着いて、それは回復のはずなのに全てを諦めたように見える。そんな風に、遠くを見ないでほしい。あなたはまだ生きているんだから。同じといっても、私とはまるで違うんだから。

「どっちがマシだろうっていつも考えます。でもわかりません」

「私が守るよ」

「うーん」

キヌは気だるく唸《うな》ってから、コンコンと上顎を舌で弾いた。キツツキのようなその音は、すぐ森に吸い込まれる。

「それはそれで、あなたが菊になっちゃいますけどいいんですか？」

「え？」

「さっきの。きっとあなたが転ばせてくれたんですよね？私としては助かるけど、でもそれでいいんですか？」

「どういう意味？」

「あれ、待機場所聞いてないですか？」

お弁当が入った段ボール箱を抱えた男性が、キヌに声をかけてくれた。

「あ。あるんですか？」

「ありますよ！すいませんこっちです」

案内されたのは撮影場所の家とは逆方向に歩いた先にある、また別の家の庭で、そこには炎をあげた大きなドラム缶が一つ。ごうごうと燃えるそれを囲むように椅子が並べられていた。簡易的なテントもいくつかあり、食べ物が置いてある。

「寒いですけど、ここか車にいてください。あとこれ、弁当。そこのお菓子とかも食べてもらっていいんで」

「ありがとうございます」

忙しそうに去っていく姿が小さくなると、ここには私とキヌの二人きり。やっと、ゆっくり話せる時間が来たと思っていいんだろうか。様子を窺いながら黙って立っていると、パチパチと木が燃える音に混ざって小さな笑い声が聞こえてくる。

「いやー……はは」

倒れそうなほど背もたれに身体を預けながら、キヌは確かに笑っていた。ピクニックでもしているみたいに柔らかいその雰囲気は、いつもの部屋の、あの橙色の光の下で見るキヌとは別人のようだった。

「私、最初は本当に怖かったんですよ？ほんと、早くいなくなってくれないかなって思ってたし。あ、嫌な気持ちにさせたらすいません」

「ううん、大丈夫。嬉しいよ」

それは本心だった。キヌがどんな言葉を使って私との日々を振り返ったとしても、今がここである時点で嬉しいのだ。

「実はまだちょっと緊張してて、だから逆にこういう……砕けた態度を取ってるんですが……なんかまぁ、単純に慣れってのもあると思うんですけど。ここに来たら、幽霊が見えるってことより怖いことばっかだなと思って」

「ごめんね怖がらせて」

「いや、私が勝手に怖がってたんで。あなた結構、色々話しかけてくれてたじゃないですか」

「やっぱり聞こえてたの？」

「めっちゃくちゃ聞こえてました」

「返事してよ〜」

「いや怖いですもん！あ、すいません」

「ううん」

　喧嘩した友達と仲直りするみたいな桃色のくすぐったさが、私たちとはなんの縁もない庭に充満していた。それが本当に心地よくて、幸せで、キヌのことが昨日よりさっきより愛しくなる。寒いからか立ち上がって、フンスフンスと身体を動かすキヌは今、私を見ていないけれど、一人でいるみたいに黙っているけれど、この沈黙は私がいることを前提とした沈黙だった。二人なら静かでも寂しくなくて、静けさが透明な身体を通過するたびに、世界が光って見える。

「見てたと思うけど、私安藤に無視されてるでしょ、マネージャーの。あ、マネージャーってのは……仕事を管理してくれる人なんですけど。で、この現場の人にも無視されてるでしょ。でも、誰も無視してるつもりなんてないんですよきっと。実際電話には出てくれるし、返事もしてくれます。でもね、みんな『大丈夫』しか言わないんですよ。一応聞きますけど、私さっき苦しそうでしたよね？」

「うん。すごく」

「ですよね。なのに『大丈夫』『大丈夫』『できるできる』って。『大丈夫？』って言ってくれたらいいのに。文字数変わんないのに」

声に襞《ひだ》がついて、彼女の心がパンパンなんだってことが伝わってくる。顔なんて見なくてもわかる。人間じゃない私にだってこんなにこんなにわかるのに、なぜあの人たちは。もっと早く、彼らの暴力みたいな「大丈夫」を止めていたなら、キヌの声はなだらかなままだったんじゃないかと悔やまれた。

「あなたも、みんなに無視されてますよね。でも誰一人として自分が無視をしているって気づいていない。だって見えてないから、私以外には。だから」

キヌはそこまで言って、夕日に背を向けた。私よりも背の高い彼女の影が、ほんのり私に重なっている。

「私は見えてるんだから、いい加減無視するのはやめたいと思ったんです。だって私は、無視されるといつも悲しいから」

前で組んだ両手を揉み合って、ギザギザにされた爪をこすり合わせる。私はその音を聞きながら、キヌの次の言葉を待った。

「こんなの、小学生みたいだけど、自分がやられて嫌なことはしないでいたいって、やっと覚悟が決まったので」

「うん」

「今まで、無視してごめんなさい。こんなに時間がかかったことも、ごめんなさい」

私たちは今、ぴたりと同じ姿勢で向き合っている。彼女の大きな目は少しずつ滲んで、涙が溜まっているのだとわかる。

「これ、座ってください」

キヌは、並べられた椅子を私の真後ろに置いてくれた。

「あなたはここにいるので、椅子に座ってください。良かったら」

輪郭だけだった私の存在は、椅子によって強固になる。「あなたはここにいる」の「あなた」は紛れもなく「私」のことで、透明の真ん中に落ちてきたキヌの言葉が、水に溶けるように私を染めた。

「ありがとう」

どこに座っていたって、感覚はない。何も変わらない。でも、あなたが置いてくれたこの椅子は永遠の居場所になる。

「……で、今更なんですけど。名前なんていうんですか？」

名前、のことを忘れていた。呼ぶためにつけられるそれを、かつて私も持っていたんだろう。誰かに呼ばれて、見られて、生きていた頃。失ったのはいつなのか、それはどんな音だったのか。思い出せることは何もない。

「というより、なんて呼べばいいですか？」

私の沈黙で何かを察したのか、キヌは質問を変えてくれる。なんて優しい子なんだろう。

急激に孫を見るような心持ちになってしまい、いやいやそんな心は知らないじゃん。私に孫がいないことを知る。

「椅子」

「椅子!?」

「うん。これをそのまま名前にしたい」

「……いいですけど」

やっぱり変えたいってなったらすぐ言ってくださいよ、と言ってキヌも座った。私は今もらった特別な椅子に座りながら、それにしてもこんなに受け入れてもらえるものかとしみじみ驚いている。今もらった「ごめんなさい」はとても大切なのに、本当にもらっていいものなのか信じきれなかった。

「私も聞きたいんだけど」

「はい、どうぞ」

「なんでそんなに優しいの?」

「いや、優しくないでしょう。二週間くらい無視してたんですよ」

「無視するよ。だって幽霊だよ」

「幽霊って、無視されることに納得してるもんなんですか?」

「納得っていうか、そういうもんだよねっていう、諦め?」

「のわりにめっちゃ話しかけてきたじゃないですか」

キヌはケラケラ笑った。私も、言われてみればそうだなと思って笑ってしまう。無視されて当然だって頭ではわかっていても悲しくて、諦めていてももしかしたらと思ってしまう。幽霊も希望をなかなか捨てられないのだ。

「もしかしたら、とか思っちゃうの。図々しいってわかってるけど」

そう言うと、キヌは眉間に皺を寄せながらさっき受け取った弁当の蓋を開ける。みるからに冷え切っている白米を割り箸で挟むと、カチコチになったそれは真四角のまま持ち上がる。これは確かに食べ物だけど、こんなのは食事ではない。ここにいる全ての人間が、同じように四角い白米を持ち上げたんだろうか。

「嫌だなぁ、怖いなぁって、申し訳ないですけどずっと思ってて」

「うん」

「この映画が終わったら消えるって言ってたじゃないですか。だから、もうとにかく時間が過ぎるのを待とうと思ってたんです」

膝の上に置いた弁当が落ちないように気をつけながら、四角い白米を器用にほぐしていく。食べにくい食事は食べやすい形にしてから口に入れるのと同じように、受け入れられない出来事は時間の流れに任せるものだ。

「スタンドインってのは、誰にも見えないんです。私はここにいるけど、映像に映らないから、完成したら消えます。似てるでしょう? 今回はなんか吹き替えもやることになりましたけど、これだって結局、見た人はみーんな一ノ瀬遥だと思いますからね。やっぱり消えるんですよ。だから私もあなたと同じように、まぁ、どうせ消えるんだから雑に扱われても仕方ないって考えるんです。でもやっぱりあなたと同じように、もしかしたら、って思ってしまう。頑張ったら見てもらえるんじゃないかって。あなたが私に話しかけ続けたように、井戸の中で息を吸い続ける。そうしたら『いる』ってことに、ならないかなって」

白米を小分けし終えたところで、キヌは箸を止めた。

「この弁当の文句を、私は言いません。息ができないとも言わないし、できませんって言いません。言えません。無視しないでって言う勇気がないから。実際これは食べれるし、よくあるし、無視も慣れたので我慢できます。それも私なりの頑張りです。でも、あなたは支度部屋で怒ったでしょう？あれは、私にとって頑張りの逆なんですよ」

「ん、なんで？」

「文句を言わない人形でいることが、私の仕事の頑張りだから。あんな風に怒るのは、もう人形じゃない」

キヌはもう一度箸をとって、カチカチの白飯を一欠片《ひとかけら》摘んだ。そして笑顔で「私、カチカチの米が好きなんです！」と言う。何度も見た、あの貼り付いた笑顔で。その姿は彼女の言う通り人形のようで、幽霊は私なのに悪寒がするようだった。

「何怒ってんの？って、最初は思いました。怖いしやめなよって。でも、だんだん羨ましくなって」

米を口に入れる。顔を顰《しか》めながら何度か噛んだ後、キヌは弁当を地面において炎に駆け寄る。そしてそこに、口の中身を全て出した。

「まず！これはひどいよ！こうする勇気が、あなたにはあるんだなぁって。なんでそんなことできるんだろ、話してみたいなぁって」

「怒ってよかったぁ」

「あはは。あれは、何にあんなに怒ってたんですか？」

「なんか、何がしたいんだろうって」

「それは……この映画が？」

「うん。私、菊と同じくらい怪我してるけどさ、手こんなしたことないじゃん。こんなもしないじゃん」

離れ難い椅子から一度お尻を離して、その場に浮き立つ。両手を前に突き出して「ゔぁ」と唸れば、キヌはニヤニヤ意地悪な顔で私を見た。

「しないですね。でもすいません、私も椅子に会うまでは、みんなそういうことするんだと思ってましたよ」

まぁそういうものなんだろう。私だって、そういう風に思い込んでいることは沢山ある。犬は必ず「ワン」と鳴くわけじゃないけど「ワン」と鳴くと思っちゃうし、猫は「ニャー」、牛は「モー」。同じように幽霊は「ゔぁ」なんだろう。

「仕方ないなってわかってるの。ここは幽霊の世界じゃないからね、人間の味付けで表現されるものだよね。でもさ、でも、もうちょっと考えてくれると思ってた。この映画、人間から見たら変じゃないの？幽霊が怖い以前にさ、水飲んじゃだめなのにキムチ鍋食べさせてくる人間が怖いと思うんだよ」

「あはは。それは私もめっちゃ思いました」

「でしょ？目の前に、怖い人間がちゃんといるのに、どうしてその怖さまで幽霊のせいみたいになってるんだろうって」

「ほぉ」

「幽霊は確かに怖いよ、怖いんだと思うよ。でも、怖いのは私たちだけじゃないのに。もっと言うなら、そっちが勝手に作ってるじゃん。怖い幽霊の映画をさぁ。だから怖くなるんだよ。なのに、元々、私たちが怖くて、最悪で、殺そうとしてくるみたいに、なんでされなきゃいけないの」

勝手に作って勝手に怯えてキャーなんて、虫が良すぎるんじゃないですか。私はただ、静かにそこに浮いていただけだ。私という輪郭すら持たずに、この世界に充満していただけだ。わざわざ墓を発《あば》きに来たのは人間で、剝き出しになった骨を見て「怖い」は道理に反しませんか。たぶん私は、そういう怒りを感じていた。

「『怖い』が目的の映画は、この世界に沢山あります」

なんでそんなものを作りたいのかわからないけれど、とりあえず私はうんと頷く。

「『怖い』はなぜか人気があるんです。お金にもなるんです。だからきっと、みんな撮るんです。そのためには『怖い』の看板を背負う人物が必要で、例えば……それが熊の場合もあります。殺人鬼の時もあるし、今回みたいに幽霊の時もある」

私には一円の得もないけどね死んでるし。自分の知らないところで、自分の存在が商品のように扱われていることを知って、また新しい怒りが湧いてくるようだ。

「とにかく怖くしたいんです。そのために、幽霊のことを考えるのはやめます。清は最悪じゃないですか。でもそう思うと、菊の怖さは減りますよね。菊が可哀想だと感じたり、菊にも心があるんじゃないか、人を殺すのには理由があるんじゃないかと想像し始めると、怖くなくなっていきます。きっとそれは、怖い映画としては失敗なんです。だからみんな、菊の気持ちとか、人間としての菊については無視すると決めてるんです。無視しないと、正解を作れないから」

何も難しくない。とてもわかりやすい話だった。菊が、そして私たち幽霊がいつまでもいつまでも両手をぶら下げて唸るのは、そうじゃないと怖くないから。清が、その他全ての加害者たちが糾弾されないのは、それをすると怖くないから。幽霊と夫、幽霊と姑、幽霊と〇〇。どの組み合わせでも私たちは等しく装置。人間を怖がらせて楽しませるための仕組みでしかない。心のあるなしにかかわらず、感情なんてないとすること。声なんて持たないとすること。というかそもそも、人間たちは私がここにいるなんて思ってもいないのだ。この世界に、実際に、本当に、自分と同じような心を持った「幽霊」という存在がいる可能性を、想像すらしていない。だからこんなことができるんだろう。存在しないものに気を遣う必要なんてないんだから。

「泣かないで」

キヌはそう言って、私のそばまで戻ってきてくれる。涙はここに生まれていない。なのに彼女は、海の中から人魚の涙を見つけるように、透明な私の悲しみを拾ってくれる。持ち上がった私の肩に触れることはできないけれど、そこを撫でてくれる。

「私は、椅子の悲しみも怒りも真っ当なものだと思うし、ここにそれがあることを知ってます」

この言葉の喜びと、存在の苦しみ。重さは均等で、天秤は静止する。幽霊なんて存在しなければ　存在していないと　私なんて存在しなければ　存在していないと　。二つの事実が今ここ、一つの現実の上にある。

「知れてよかったと思うし、いてくれてありがとうと思ってます」

「うん、でも」

「はい」

「キヌがそう言ってくれるのは、嬉しいけど、でも、やっぱり悲しい」

俯いている私の視線に入り込むように、キヌはその場にしゃがみ込んだ。

「うん」

「だって、誰にも想像してもらえないなんて寂しい。ごめんねキヌがいるのに」

「一人じゃ足りないのは当然です」

「私は寂しかったり悲しかったり、キヌが好きだったりだから守りたかったり、色んな理由で動いてるじゃない。でも全部、起きることはどんな理由でもまとめて『うらめしや』なわけでしょ」

今、キヌを温めている炎が大きく燃え上がったのは、私の力じゃない。ただ単に、風が吹いたのか、木が燃えて動いたせいだろう。でもこれも、私に含めることができる。理由のわからない出来事は、全部まとめて心霊現象。うらめしや〜でなんでも幽霊のせいにしておけばいい。塩でも撒いて、一応お祓いしとけばあいつら何も言わないから。幽霊がやったって言えば、人はそれ以上考えないから。

「ひどくない？そんなの、そんなわけないじゃん」

菊は夜水を飲んだ人間を井戸に引き摺り込む。井戸に落ちて死んだから。喉が渇いて死んだから。強い恨みで人間を井戸に引き摺り込む。

菊は夜水を飲んだ人間を井戸に引き摺り込む。井戸にいるのは寂しいから。ずっと一人で寂しかったから。人恋しくて井戸に引き摺り込む。

菊は夜水を飲んだ人間を井戸に引き摺り込む。自分の死後、同じく井戸に落ちた人々はただの事故だったのだと知らせたくて。井戸の危険を知らせるために引き摺り込む。

菊は夜水を飲んだ人間を井戸に引き摺り込む。まだ清を愛しているから。彼の悪名をかき消したくて、自分の悪名を轟かせるために引き摺り込む。

菊は夜水を飲んだ人間を井戸に引き摺り込む。別に意味はない。なんとなく暇だから、遊び半分で引き摺り込む。

数えきれない可能性がある。どれが真実かなんて菊にしかわからないし、もしかしたら全てが真実かもしれない。でも、それを語る者はいない。想像する者がいなければ、可能性は生まれない。

「私人形だって言ったじゃないですか」

しゃがんでいたキヌが立ちあがり、また正面から私を見つめた。

「人形は文句言わないと思われてるんです。実際、前に熱中症で倒れた人を見たことあるんですけど、倒れたのに謝ってたんですその人。そんなことしてたら、そりゃずっと人形扱いされるよなって、今思って」

「うん」

「きっとそういうことの積み重ねで、イメージ、ってわかります？」

「わかるよそのくらい」

「ごめんなさい、これもイメージですね。イメージが出来上がって、動かしようのないものになっちゃったんじゃないかなって」

「怖い幽霊を作ったのは人間でしょ？」

「もちろん。でも今日椅子がスタッフさんを転ばせたのは、椅子がやったことですよね。私が、苦しいって言わなかったのと同じように」

ピキリと身体にヒビが入るような痛みがあった。そこは触られたくない。そっと見ないふりをしていてほしいと思うのは、罪悪感があるからだ。

「いいんですか？　私は、椅子がなんであいうことをしたか知ってるから怖くないけど、知らない人からしたら怖いじゃないですか。その熱中症で倒れた人も、そこだけ見てたらその人は無理させられてて倒れたわけだから、謝るなよーって思うけど、もしかしたら二日酔いだったのかもとか、想像するとまぁ、謝るよなって」

ごめんなさい何言ってるかわかんないですねと言って、キヌは梅干しみたいに顔を皺くちゃにした。私は、わからないと言いたい。でもなんとなく、彼女が言わんとしていることがわかってしまうから。

「ていうか全然呼ばれないなぁ」

いつの間にか、空は炎と同じ色になっていた。私は、彼女の部屋にいる時と同じ橙色に染まっている。

「あれは間違ってたって言いたいんだよね」

「いや、間違ってたか決めるのは椅子ですよ。ただ、あの男の人は……怖かったでしょうね」

物が落ちる。炎は突然背伸びをして、遠くの鳥が四十四羽飛び立つ。そこの暗闇が微かに動いたような気がして、人間の身体は硬直する。幽霊だ。そういう展開を作ったのは、私ではない。でも、私という存在に含まれている。なんで？　私は何もしてないのに。誰もがそう思っただろう。菊も、貞子も、伽椰子もお岩さんも皿屋敷の方のお菊さんも。私は自分の気持ちに従っただけなのに。理由はいっぱい、抱えきれないほどあるのに。頭上に掲げられた大きな「うらめしや」が邪魔で、気持ちは届かないのだ。ガタン、とドラム缶から音がして、今度は炎が小さくなった。途端に辺りは夜を帯びる。私とキヌは、黄昏れちゃって輪郭が見えない。その輪郭を取り戻すかのように、キヌはドラム缶に近づいていく。後を追えば、僅かな炎の橙が私の中で反射して、光が大きくなるようだった。触れられないその光の中に、無数の幽霊が見える。空気のように、私の輪郭の中を揺蕩《たゆた》う、見知らぬ記憶のようなもの。誰も、この連鎖を断ち切れなかったのだ。言いたいことがありすぎて、伝えたい自分が大きすぎて、輪郭に編み込まれた「うらめしや」の五文字に触れる余裕がない。だから私たち、ずっとこんな姿で暮らしてきたの。

隣には、私と同じ色をしたキヌがいる。透けない身体で、なのに炎を通過させたように光りながら、ただまっすぐ炎を見つめていた。剝き出しの首筋に浮かぶ青い血管、その凸凹にもきっと何かが編み込まれている。彼女の責任ではない、彼女一人にはどうにもできない何か。ほどくのは誰だ。いつになったら失えるのか。待ち続けた結果が私とキヌにのしかかる。「いつか誰かがどこかできっと」。そうやって今ここ。そのうちキヌが私になる。だったら私、消える前に。ここにいる間に。意味に鋏を。

「私がやる」

キヌを通して、私はここに揺蕩う全ての先輩方に申し上げる。私は、あなた方ができなかったことに挑戦する。私には、勇気があるから。愛があるから。キヌがいるから。見ていろよ皆々様。「うらめしや」の内一文字だけでも、点一つでもほどいてみせる。私がここにいる証として。

「何をですか？」

「革命」

「あはは」

「本当だよ」

「知ってます」

椅子がずっと本当だって、ずっと知ってますよって、キヌは言った。燃える炎は私たちを温めて、いつかキヌを焼くんだろう。そうしてこちらに来るんだろう。

「ていうか全然呼ばれないなぁ」

「ちょっと、真似しないでくださいよ」

二人で笑った。すっかり暗い辺りにパチパチ、ドラム缶から音が響く。

「ごめんごめん」

「革命」

「ちょっと、真似しないでよ」

「真似、します」

私たちは二人分の希望を焼《く》べて、呼び出しを待つ。

異常なほどの待ち時間は「夜待ち」というものらしい。夜を待つならもっとゆっくりここにくればよかったのにと言うと、キヌははっきり「それは難しいんですよ」と言った。彼女の中には無視と無視じゃないを判別する明確な基準があるようで、経験というのはすごいものだなと思う。いい加減外で待つのも限界で、私たちは「ロケバス」に戻った。あの車をそう呼ぶことを今習った。キヌは萱野に「ロケジャン」を求めて鬱陶しがられていたけど、勝ち取った黒くてふかふかの上着は暖かそうで、埋もれるように身にまとう姿はかっこいい。

「ロケジャン。ロケバス。ロケジャン。ロケバス夜待ち」

習ったばかりの言葉を繰り返していると、隣に座るキヌに小突かれた。正確には、当たりっこないから小突かれてないけれど、小突かれた、と言ってみる。

「キヌさん、お願いします」

いよいよ声が掛かって、私たちは手をつなげない代わりに重ね合わせる。キヌ色に染まる腕を見つめると、私の透明には数えきれないほどの幽霊が、その記憶が詰まっているんだと感じた。キヌの身体もそうだ。私たちには、私たちじゃない何かがたくさん詰まっている。

「やばい」

ロケバスを降りて庭へ向かうと、突然キヌが走り出した。なんだと思って急いで後を追えば、暗闇にポッカリ浮かぶ庭に二人、キヌと同じロケジャンを着た人間が立っていた。

「すいません！お待たせしました。吹き替えで入らせていただくキヌです」

「わー！初めまして。ありがとうございます。菊役の一ノ瀬遥です」

「孝役の小山内《おさない》です」

この場で最も見えている者、その風格と余裕が二人にはあった。キヌに向けられた挨拶は、この現場が始まってからキヌが受け取る一番きちんとした挨拶だったし、二人はそのままキヌに「寒くないですか？」とか「ご飯食べました？」とか、人間同士の会話を続けてくれる。やっと安心できる反面、私だけ蚊帳の外にされてしまうことが少しだけ寂しかった。

「じゃあ段取りしますー」

庭に入ってきた真っ黒の男性が大きく声を張り上げると、どこからこんなに人が出てくるのか、砂糖に群がる蟻のように大量の人間が出てくる。キヌはその数に圧倒されたように少し肩を丸めたけれど、すぐに背筋を正した。

「じゃ一ノ瀬さんこっちでー小山内さんここ。キヌさん井戸の中にお願いします」

「はい」

ぶつかったら出るぶつかったら出る。キヌは昼間監督に言われた指示をお経のように繰り返した。井戸の中からは様子が見られない。必死に耳をそばだてて、孝の台詞を聞き取ろうとしていた。

「どうしたら……どうしたらいいんだ…………」

あまりにも小さい声。井戸の外で見ている私ですら、聞き取れない音量だった。まぁ確かに、幽霊から逃げている最中に大きな声で「どうしたら！どうしたら！いいんだ！」とは言わないか。とはいえこれではキヌに状況が伝わらない。

「……由美？由美か？」

さっきよりさらに小さい声。こんなに小さい声を私は初めて聞いた。役者さんってこんなに小さい声を出せるのかと感心しながらも、キヌが心配で仕方なかった。あ、これってもしかして、私が伝えたらいいのでは？

「今藪の方に行った」

そう囁くと、キヌは井戸の中で首をかしげる。あ、そっか。何も私まで声を潜める必要はない。

「藪の方行ったよ！」

キヌは頷く。もうすぐ迫ってくる孝の気配を探りながら手をグゥ、パァ、グゥ、パァと動かした。

「うわぁー!!」

ずざざざざざーっと勢いよくこちらにやってくるかと思ったが、予想に反して孝はゆっくりとしたスピードで後退りしてきた。

「こうやって下がる感じですかね」

「そうそう」

「でこういってどん、と」

あ、そうか。これは本番じゃない。練習なのだ。怪我をしないようゆっくり動きを確認しているんだとわかり少し安心する。井戸の揺れを合図に、キヌの手が井戸からゆっくり出てきた。伸びてきた右手が孝の首に触れ、そのまま掴む。

「ぎゃー！」

叫び声を上げた孝は前につんのめり、井戸から離れた。キヌはさっき言われた通りに左手も井戸から出し、ゆっくり、ゆっくり外に出ようともがき始める。向こうの藪からは、同じような速度で一ノ瀬の方の菊が迫ってきていた。あの、お決まりの幽霊歩きで。あーあ。嫌だなぁあれ。でもだからって、一ノ瀬を転ばせたりしない。私はただじぃーっと、ここに作られていく物語を見つめた。

「なんで……なんで！」

「カットー！」

監督の叫び声で、孝はすぐに小山内に戻った。あんなにふらふらだった藪の菊も一ノ瀬に戻って、人々は一斉に二人の周りに集合する。無愛想な菅野は大慌てで二人にロケジャンを羽織らせていて、キヌのは？ キヌは今やっと井戸から出てきたところだった。小走りでこちらに駆け寄ってくるけれど、わざとらしく菅野は目を背ける。

「菅野さん！」

逃さないという強い意志で、キヌは菅野を呼び止めた。わかってるとでも言いたげな表情でアシスタントに指示をして、無事にキヌにもロケジャンが戻る。小さいけれど大きな一歩を、キヌは歩み始めた。私だってできる。きっと。

「オッケー。大丈夫そうだね。どっか問題ありましたか？」

「大丈夫でーす」

「大丈夫です」

一ノ瀬と小山内の返事を聞いて、監督は大きく頷いた。まだキヌが喋ってませんけど。

「あの、小山内さん。首大丈夫でしたか」

「あ、全然！全然平気ですよ！」

「よかったー。私今爪尖ってるんで、なんかあったらすぐ言ってください」

「ありがとう」

一同は慌ただしく散っていった。朝日が昇るまであと八時間。私に何ができるだろう。もしかしたら、一ノ瀬にも私が見えるんじゃないかと思った。私とキヌが菊で繋がっているとしたら、可能性は十分にある。試しに彼女の後をつけてみると、到着したのはロケバスではなく一台の車だった。なるほど、一ノ瀬ともなると、自分専用の車があるのか。圧倒的に見えている人間だ。車のそばには、メガネをかけた男が立っていた。この人がマネージャーだろうか。窓から中を覗いてみると、車内の椅子を思い切り倒し、くつろいでいる一ノ瀬が見える。どうしよう。もし、見えたら。私は何をするべきだろう。キヌを見てほしいってお願いは、むしろキヌの首を絞めたりしないだろうか。だからって何も言わずに浮いてみせるのは違う気がするし、どうしよう。どうしようどうしよう。あー！考えていても仕方がない。存在しない心臓の鼓動を架空の筋肉で押さえつけて、私はできるだけ驚かせないよう気をつけながら、一ノ瀬の隣の席へ座った。

「あ、あの。初めまして。私、椅子っていう名前の幽霊です」

反応はない。やっぱり、一度きちんと目が合わないと、彼女の中で私は存在になれないんだろうか。

「初めましてー」

スモークガラスに映る一ノ瀬の美しい横顔を力一杯見つめながら、何度声をかけても届かなかった。

家の中に置かれたいくつかの画面は、カメラと無線で繋がっているらしい。みんなが食い入るようにそれを見ていて、私とキヌもその一員だった。二人とも、こんな風に映画に関わるのは初めてで、色々思うことはあれど知らないことを体験するのは面白い。何度も何度も、同じ動きを繰り返すこと。ひたすらに同じ台詞を言い続けること。修行のような繰り返しを積み重ねて積み重ねて、やっとキヌの出番が来る。いつにも増して緊張した面持ちで、定位置である井戸に向かうと、そこには水の入ったバケツと血糊を持った中曽根が待っていた。

「え」

福井の気温は、既に五度を切っていた。ロケジャンを脱いだだけでも凍えそうなこの場所で、今から彼女は水をかぶるんですか？どうしてですか？私と同じ疑問を抱いたキヌの「え」は当然のごとく無視されたけど、もちろんキヌは諦めなかった。

「これってどういう……？」

「井戸の中から出てくるので、濡れてないと」

監督はまっすぐそう言った。

「幽霊の菊は基本血が混ざってるから、髪に血糊を混ぜるの」

中曽根も、まっすぐそう言った。二人の言っていることは意地悪ではない。必要なことなんだろう。菊が死んだ時、井戸は涸れていたはずだけど、そんなことより濡れてる方がなんか怖いから。なんか怖いのが大事なのだこの場所では。わかる。それが正解だ。だから私は我慢できる。でも、でも。あなたたちは、彼女にかかる水を、血糊を、無視しないと言えるのか。同じまっすぐさで、確実に安全を約束すると、言えるのか。

「あの」

震える声で、キヌは一体何を言うんだろう。

「やります、やりますよ。でも、ちゃんと心配してくださいね。自分に水がかかるのと同じように、思ってくださいね」

あまりにも切実な願いだった。こんなことを言葉にしないといけないなんて、キヌは、人形の人間は、なんて過酷な役回りだろう。

「もちろん！大丈夫」

お願いします、の一声でキヌは井戸に押し込まれる。水をかけるのは、初めて見る女性だった。彼女は心苦しそうにキヌを見た後、思い切りバケツの水をぶちまける。澄み切った空気を切り裂いて、それはキヌに落下する。すぐに中曽根が髪に血糊をかけて、キヌはまるで魚のようだった。

「よーい！」

「キヌ、危なかったらすぐに言うんだよ。私が絶対なんとかするから」

「ありがとう」

「はい！」

静寂に包まれた庭に、孝の「うわぁー!!」という叫び声が響き渡る。ズリズリと土の上を滑る音が近づいてきて、ドスン、と井戸にぶつかる。キヌは冷え切って震えそうな右手を懸命に制御して、孝の首を掴んだ。私はその様子を、生とカメラの両方で見る。カメラから見ると、キヌがびしょびしょであることはさっぱりわからなかった。当然だ。だってキヌは、キヌの菊はまだほとんど井戸から出てきていない。映りっこないのに既に彼女がびしょびしょなのは、誰のためってキヌ以外の人間のためだった。少しでも時間を短縮するために、彼女はずっとびしょびしょでいさせられるのだ。誰もキヌを見ない。ここにいる人間も、のちに映画を見る人間も、キヌを見ない。だから彼女はこんなにびしょびしょなのだ。実際、カットがかかった後の対応は一ノ瀬と小山内に比べてあまりにもおざなりだった。見えていないから。彼女はここに、いるということになっていないから。

「じゃ次！」

何度も何度も繰り返される。孝の首を掴むのはこれで何度目だろう。キヌは皮膚の全てを真っ白にしながらも、懸命に孝に襲いかかり続けた。

「ごめんなさい、怖くなっちゃってますよね私の幽霊」

井戸の中からキヌの謝罪が聞こえてきて、そんなのいい。全然構わない。それは私が背負うことだから。

「ごめんねキヌさん、次寄りなので血糊だけ足すね」

申し訳なさそうにやってきた中曽根が、頭から血糊をかける。カメラは井戸の真正面に移動され「これを孝だと思ってください」と声がかかる。消え入りそうな声で「はい」と返事をしたキヌは井戸の縁にぶらりと両手を垂らし、本番に備えた。底に溜まった水が、キヌの下半身を冷やし続けている。濡れて張り付いた着物は一秒ごとに彼女の体温を奪う。触れることのできない手で彼女をさすってもさすっても、そこに温度は生まれなくて、私は自分の無力さが憎い。

「よーい」

「応援してください、椅子」

「うん」

「もっと、もっと応援してください」

「うん、うん」

「はい！」

ゆっくり、ゆっくり、キヌが上体を持ち上げていく。踏ん張りの利かないぬかるみの中で、それでもどうにか立ちあがろうと、地上に出ようともがく。

「頑張れー！」

いても立ってもいられなくなって、私は井戸から出た。キヌが私の元を目指せるように。行き先を間違えないように。二人で、見える場所にたどり着けるように。

「キヌ！こっち！ここだよ！」

井戸からつむじが見えてきた。縁を舐めるように滑り出てきたキヌの頭は血に塗れた髪に覆われていて、きっと私にしか、これがキヌだとわからないだろう。

「キヌ！」

垂れた髪の間から、キヌの瞳が覗く。その目はきちんと私を捉えている。上半身は完全に地上に出てきて、しかしカットはかからない。

「見えてるよ！今、みんなキヌを見てるよ！」

止められないなら止まらない。だからキヌは、井戸の中から左足を出した。四つ足で動く生き物のように、持ち上がった左足は地上に着地する。そのまま右足を浮かせて、ゴロンと転がり出た。

「全部見えた！全部見えた‼」

生まれたばかりの赤ん坊のようにヌメヌメと全身を光らせて、キヌは遂に井戸を出る。私はその姿を、美しいと思う。彼女は今生まれたのだもう一度。見える喋る意志を持った人間として、ここに誕生したのだ。

「キヌ！」

両手を大きく開いて屈む。生まれたばかりのキヌも私に手を伸ばす。ボロボロの状態とは不釣り合いな笑顔で。きっと今、私も同じ顔をしている。私たちはこんなにボロボロだけど、笑っている。それは変なことじゃない。全然怖くもないし、呪いにだって見えない。私たちは、会いたいから笑っている。誰がなんと言おうと、嬉しくってここにいる。

「もうちょっと！」

静かな森の中で今、動いているのは私たちだけ。一歩、一歩と歩み寄るキヌは遂に私の元にたどり着いて、私たちはお互いを抱きしめた。冷え切ったキヌを少しでも温められるように。強張《こわば》る身体がほどけるように。あなたがちゃんと、あなたを褒めてあげられるように。

「凄い、頑張ったね」

「椅子もね」

手と手は触れ合うことができない。空を切る私たちの両手はそのまま自分に帰ってきていて、自らを抱きしめるような姿勢だった。でも、それでも十分私は、あなたと抱きしめ合っている心地がする。僅かに重なっている身体、透明な私に透ける血塗れのキヌの皮膚は美しくて、温かくて、このまま私、キヌに溶けてしまいたい。

「カット！」

やっと響いた監督の声を合図に、慌てて菅野が走ってきた。濡れていないふかふかの毛布をキヌにかけ、すぐ去っていく。

「凄い、菅野が動いたよ」

「あはは。ですね」

慌ただしく動き回る人々は、キヌの口が動いていることに気づいていないようだった。それどころか、どんどん庭から人がいなくなっていく。みんな家の方へと走っていった。ざわざわとした興奮が向こうから伝わってきて、やっと呼吸が落ち着いたキヌと私も家へ向かった。画面の周りには人だかりができていて、その輪の真ん中にいる監督が、キヌに気づいて彼女の腕を摑む。

「これ！これ！」

小さな画面の中には井戸と、そこから出てきたキヌ。そして彼女を抱きしめる私の背中が映っていた。私じゃん。

「いるよね？これ幽霊だよね？」

半狂乱の面持ちで、監督はキヌを強く摑み続けていた。

「ちょっと、痛いです」

「あ！ごめんなさい！あのこれ、これ」

「これは椅子です」

「はい？」

「椅子って名前の幽霊です。ね」

キヌは私の目を見て笑う。みんなに見られていることなんて厭わず、堂々と私に話しかける。

「映っちゃってるじゃん私」

「凄いですね。こんな堂々と幽霊が出演するの初めてだと思いますよ、知らないけど」

「えー。なんか恥ずかしいな」

透明なはずの私の背中は、画面の中で不思議に濁っていた。白くぼんやり輝いているのは、照明のおかげなのか、それとも私に揺蕩う先輩たちのおかげなのか。私が動くたび、感光するように画面は橙色に染まる。初めてキヌに会った時と同じ色だ。

「二人ともいるね」

「いますね」

「みんな見てるね」

「見てますよ、これ以上ないくらい」

人間たちの瞳の中に、恐怖の色はない。ただ、信じられないという眼差しで、食い入るように画面を見つめる。それからキヌを見つめて、隣にいる私のことも見つめる。視線は合わない。でも、この透明な空間に、何かがいることを想像しているんだと思う。人混みの中にぽっかり空いた空間。私のための空間。塩を用意するでもなく、手を合わせるでもなく、ただただ気配を探る人間たちの想像力が、私の輪郭に編み込まれる。少なくとも、今ここには「うらめしや」なんて存在しない。私は自分にできることをした。もしかしたら今日のことも、いつかは怪談にされてしまうかもしれないけれど。今、できることをした。まずはそれで十分なのだ。有史以来、初めて映画に出ましたよ幽霊が。恨みじゃなく辛《つら》みじゃなく、ただの人間の友として。説明されない、存在として。これが幽霊の第一歩。あとはよろしく頼みます。

初出

「ほどける骨折り球子」　「文藝」２０２２年秋季号

「存在よ！」　「文藝」２０２４年春季号

長井 短　ながい・みじか
1993年生まれ、東京都出身。
俳優、作家。雑誌、舞台、映画、テレビドラマ、バラエティなど幅広く活躍する。
著書に『私は元気がありません』(朝日新聞出版)、エッセイ集『内緒にしといて』(晶文社)。

ほどける骨《ほね》折《お》り球《たま》子《こ》

2024年7月20日　初版印刷
2024年7月30日　初版発行

著　者　長《なが》井《い》　短《みじか》
装　幀　アルビレオ
装　画　及川真雪
発行者　小野寺優
発行所　株式会社河出書房新社
〒162-8544 東京都新宿区東五軒町2-13
電話 03-3404-1201（営業）
03-3404-8611（編集）
https://www.kawade.co.jp/
組　版　KAWADE DTP WORKS
印　刷　株式会社暁印刷
製　本　株式会社暁印刷

Printed in Japan　ISBN978-4-309-03203-0
落丁本・乱丁本はお取り替えいたします。

マリリン・トールド・ミー

山内マリコ

友達なし、恋人なし、お金なし。
上京直後にコロナ禍に見舞われた大学生・瀬戸杏奈。
孤独を募らせる彼女のもとに、ある夜、
伝説の大女優から電話がかかってきて――。

運命突破系青春小説!

生きる演技

町屋良平

家族も友達もこの国も、みんな演技だろ――
元「天才」子役と「炎上系」俳優。高1男子ふたりが、
文化祭で演じた本気の舞台は、戦争の惨劇。

芥川賞作家による圧巻の最高到達点。

女友達ってむずかしい？

クレア・コーエン　安齋奈津子［訳］

女の友情は〝一生モノ〟、それとも〝ハムより薄い〟？
「女性同士の友情」をめぐる俗説を、
取材や学術的考察をまじえて解きほぐす。

息苦しくない友達関係の築き方とは？